남편이
육아휴직을 했어요!

남편이 육아휴직을 했어요!

아빠 육아휴직 시킨
전업주부 엄마의 본격,
디지털 노마드 라이프

최현아(미소작가) 지음

태인문화사

행복은 행복을 선택한
사람만 누릴 수 있다

　　둘째 아이 출산 한 달 전쯤이었던 것 같다. 남편이 회사 후배와 저녁식사를 하자고 했다. 후배가 밥을 사겠다는 것이다. 나도 잘 알고 있던 사람이라 반갑기도 했고, 좋은 소식이 있나 싶었다.

"청첩장 주려고 그러나?"

돌아온 남편의 답은 의외였다.

"회사 그만두겠대."

입사한 지 3년도 채 되지 않았던 남편의 후배였다. 우수한 성적으로 이른 나이에 입사했고 누구보다 성실하고 성품도 좋아 칭찬만 받을 것 같던 그가 불현듯 회사를 그만두다니, 믿기지 않았다. 나에게도 살갑게 대했던 사람이라 더 아쉬웠다. 불현듯 몇 해 전 일이 주마등처럼 내 머리를 스쳐갔다. 남편이 신입 딱지를 떼고 막 대리 직함을 달았을 때다. 회식을 마치고 돌아온 남편이 한 잔 더 하고 싶다며 나를 식탁에 불러 앉혔다. 맥주 한 캔씩 들고서 우리는 이런저런 이야기를 나눴다. 회사 이야기를 하던 남편이 말했다.

"우리 과장님 사는 것 보면 정말이지 사는 게 아냐. 정말 고생하신다. 나 입사하기 전에는 쓰러지기까지 하셨대. 과로로. 솔직히 그게 내 미래라고 상상하면 끔찍해. 난 과장님처럼 살고 싶지 않아."

왜인지 모르게 떠오른 그때의 남편 말을 가슴에 담은 채 약속 장소에 갔다. 항상 가던 식당의 익숙한 자리에 앉아 늘 시키던 메뉴를 먹으며 이야기를 나누었다. 술이 얼추 들어간 후배가 말했다.

"형수님, 과장님한테 잘해주세요. 과장님 정말 고생 많으세요. 쉬지도 못하시고. 저러다 쓰러지시진 않을지 걱정이에요. 저는 과장님처럼 일할 자신이 없어서 먼저 떠납니다."

나는 알았다. 특유의 서글서글한 웃음과 함께 후배는 말했지만, 그의 목소리는 흔들리고 있었다. 울컥했다. 후배의 말은 몇 해 전 남편이 내게 했던 말이 아닌가! 남편은 아직 떠나지 않았고, 후배는 떠난다는 것만 달랐을 뿐이었다.

후배를 환송하고 돌아오는 차 안에서 우리 부부는 말이 없었다. 후배는 요즘 세대 다운 호기를 부린 것이었을까? 모르겠다. 어쨌든 후배는 우리 부부에게 화두 하나를 던지고 떠났다. 그처럼 멋지게 사표를 던질 용기는 없었지만, 우리 부부에게도 뭔가 변화가 필요함을 느꼈다. 쉼 없이 일에 시달리던 남편, 육아우울증으로 허우적거리던 나, 우리의 육아휴직은 그렇게 시작되었다.

차례

(5장) **그해 가을, 현모양처를 버리다**

1장

육아우울증과
미니멀라이프

설마 내가
육아우울증을

싱크대 아래에 숨어서 울어본 적이 있는가?

몇 년 전이었다. 첫 아이가 두 돌이 될 무렵이던 1월 1일, 다른 이들은 새해 첫날이라며 들떠서 카톡으로 덕담을 주고받을 때 나는 싱크대 아래에서 울고 있었다.

구태여 싱크대 아래를 찾았던 것은 혹여나 아이들이 엄마가 우는 모습을 보고 놀랄까 걱정되어서였다. 숨을 곳을 찾는다는 것이 고작 싱크대였던 것이다.

끝까지 아기들을 먼저 생각하고 한 행동이니 누군가는 대견하다고 할지도 모른다. 하지만 나는 내 자신이 그처럼 감정 기복이 심한 사람이라는 것을 육아를 하며 처음 알았다.

아이는 예쁘고 사랑스러웠지만, 화가 날 때는 한없이 밉기도 했다. 그래도 나는 티 내지 않았다. 겉으로는 씩씩한 엄마처럼 보이려고 노력했다. 하지만 그럴수록 마음은 곪아갔다.

우리 부부는 결혼 후 생활터전이자 부모님들이 계시는 서울을 떠났다. 서울에서 버스로 왕복 10시간이 걸리는 거제에 신혼집을 꾸렸다. 재밌었다. 아이를 낳기 전까지만 해도 소꿉놀이하듯 살았다.

그러던 중 첫째를 낳았다. 무서웠다. 임신했을 때만 하더라도 여느 엄마들처럼 키우면 된다 여겼던 생각은 소박하기 그지없던 것임을 깨달았다.

나는 생각했던 것 이상으로 엄마가 될 준비가 되어있지 않았다. 아기의 생명을 내가 쥐고 있다는 무거운 책임감을 감내하기가 힘들었다. 아기가 자도 나는 잠들지 못했다. 토를 하거나 이불에 눌려 아기가 숨이 막힐까봐.

두려운 날의 연속이었지만 나는 철저히 혼자였다. 친정·시댁 모두 서울에 있는지라 주변에 도와줄 사람이 없었다. 남편은 자정이 넘어서야 퇴근해 집에 돌아왔고, 주말도 연휴도 없이 일했다. 절망의 터널에 갇힌 듯했다.

버려지고 방치되었다고 느끼며 하루하루를 버티고 있을 때 둘째를 갖게 되었다. 첫째 아이가 돌도 채 되지 않았던 때였다.

그 당시 일기에 적었던 글이다.

긴 터널을,

불빛 하나 없는 긴 터널을

나 혼자 아기를 안고 걷는데 너무나 무섭다.

그런데 아무도 날 도와줄 수가 없다.

너무나 무서워서 울고 싶은데

내가 울면 아이는 더 무서울 것 같고

나는 엄마니까 아이를 보며 참고 애써 웃는다.

이따금 남편이

터널 입구 쪽부터 헐레벌떡 뛰어와

땀을 뻘뻘 흘리며 다가와서 개그맨처럼

나를 웃겨 위로해주고는

금세 터널 밖으로 나가버린다.

당시 나는 육아우울증이 심각했다. 아이에게 젖을 줄 때면 항상 문을 열어두었다. 폐소공포증이라도 있었는지 문 닫힌 방에 아이와 단둘이 있으면 너무 무서웠다. 둘째를 임신했던 때에는 안방 침대에 누워있을 수가 없었다. 침대에 누우면 베란다 밖으로 뛰어내리는 상상이 펼쳐졌기 때문이다.

활발하게 자기 삶을 살다가 하루종일 감옥 같은 집에 갇혀서 육아만 해야 하는 상황, 나만 그런 게 아닐 거라며 스스로를 위로했다. 하지만 아기의 욕구를 먼저 챙기느라 엄마인 나는 먹고, 자고, 대소변을 해결하는 기본적인 욕구조차 고민해야 상황에서 그런 자기 위로는 전혀 효력이 없었다. 내 감정을 살피는 것 또한 사치였다.

어쩌면 정말로 나를 힘들게 했던 것은 육아가 아니었을지도 모른다. 육아로 인해 스트레스를 느낀다는 사실, 그것이 나를 더 힘들게 했다. 육아를 통해 행복감이 아닌 부담감과 스트레스를 받는 것에 대해 자책감이 들었던 것이다. 나는 그러한 감정이 아이에게 전달될까 두려워 스스로를 한없이 다그쳤다.

'엄마라는 사람이 아이를 키우면서 그런 부정적인 마음을

갔다니!'

가끔 주변에 토로해보아도 상황은 크게 달라지지 않았다.

'시간이 약이야. 애들 크면 다 추억이 돼.'

우울증으로 힘들 때 주변에서 가장 많이 들었던 말이다. 맞다. 시간이 지나면 다 해결된다. 그러나 그런 말은 과거를 돌이켜볼 수 있을 때가 되어서야 할 수 있는 말이다.

나도 지금은 밝게 살고 있지만 그 당시에는 그 말 때문에 어찌나 서운하던지, 오히려 이해받지 못한다는 소외감만 들게 한 조언이었다.

육아우울증 탈출,
미니멀라이프

육아만으로도 벅찬데 살림도 온전히 내 몫이었다. 나름 정리를 하며 살았음에도 집안은 계속 들어오는 아이들 물건으로 채워졌다. 그리고 그것이 나를 더 답답하게 만들었다.

'그래, 안 되겠다. 다 갖다 버리자!, 살림이라도 좀 편해지면 낫지 않겠어?'

그때부터 미친 듯이 버리기 시작했다. 마치 내 마음대로 할 수 있는 유일한 것은 버리기뿐인 것처럼. 일상에 꼭 필요한 것만으로 살아가는 단순한 삶인 미니멀라이프가 시작된 것이다.

아기를 재우고 나면 잠깐이나마 맞이하는 휴식의 시간,

나는 집안을 돌아다니며 버릴 것을 봉지에 담았다. 그러고 나서도 남는 것은 중고거래로 팔고, 벼룩시장에 내놓거나 기부를 했다. 가뜩이나 피곤한 몸을 더 피곤하게 한 셈이다. 그런데 신기하게도 마음은 후련했다.

공간의 여백이 생기자 내 삶도 심플해졌다. 심플한 삶은 나에게 루틴(routine. 매일 반복하는 특정한 행동)을 선물해주었다. 생활에 루틴이 생기면서 하루종일 아기한테 치여 이거 했다 저거 했다 하면서 임기응변으로 일관했던 하루가 점차 정돈되어갔다. 생각도 가벼워지기 시작했다. 전에는 아이가 힘들게 할 때면 욱한 감정부터 솟구쳤다. 그런데 어느 순간, 아이가 힘들게 해도, '그래, 애들이 원래 다 그런 거지.' 하는 마음으로 받아들이고 있는 나를 발견할 수 있었다.

사실 육아우울증에 좋다는 처방을 실행해보지 않았던 것은 아니다. 밖에 자주 나간다거나, 잠을 충분히 잔다거나, 식사를 잘 챙겨 먹으려고도 해보았다. 하지만 막상 우울증에 걸리니 내 경우는 그런 처방이 효과가 없었다.

우울증은 나를 사랑하지 않게 되는 증상이다. 잘 먹고, 잘 자고, 잠시 외출을 하는 것도 나를 사랑하는 마음이 있을 때

가능하다. 그 당시 나는 나를 위한 식사, 숙면, 외출조차 제대로 하지 못했다. 그런 '의지'도 없었고, 게다가 독박육아(배우자 등 다른 사람의 도움 없이 혼자서 아이를 키우는 것)로 인해 나를 위한 '시간'을 낼 수도 없었다.

물건 버리기는 그런 내게 가장 나은 처방이었다. 물건을 버리고 살림을 정리하는 것은 육아를 하면서도 할 수 있었기 때문이다. 아이와 놀면서 그 주변을 살피고 버릴 물건을 찾아내어 버리고 정리했다. 아이도 엄마가 물건을 정리하면서 살림을 이것저것 내어놓자 놀이처럼 생각하며 즐거워했다.

답답한 마음을 달래보고자 시작한 미니멀라이프, 그런데 어느 순간부터 버리기가 단순한 '버리는 행위'를 넘어섰다. 나는 버리는 행위를 통해 점점 나 자신에게 다가서기 시작한 것이다. 내가 샀던 물건들이 왜 버려지는지, 반대로 왜 남겨져야 하는지를 생각해보면서 나의 가치관, 나의 취향, 나의 습관들에 자연스럽게 몰입했다. 물건 하나 버렸다고 확 달라진 점은 없었지만 버리고 비우는 행위를 반복하면서 우울증을 극복할 단초를 찾게 되었던 것이다.

육아우울증을 극복하려면 가족들의 협조가 필요하다. 특

히, 엄마는 혼자만의 시간을 확보해야 한다. 하지만 상황이 여의치 않은 경우가 많다. 육아우울증이 걸렸다는 이유로 누군가에게 세심한 보살핌을 받을 수 있는 경우가 얼마나 있을까? 한창 바쁘게 일하는 남편, 여전히 사회 활동을 하고 계신 부모님을 가진 엄마들이 우리 세대의 엄마들이다. 나도 마찬가지였다.

하지만 어떻게든 극복해야 했다. 나를 위해서도 아이들을 위해서도. 벼랑 끝에 홀로 선 기분으로 살아가는 엄마들에게 내 방법을 권하고 싶다.

당장 서랍 하나만이라도 열어서 버릴 것을 골라내고 정리해보자. 별 것 아닐 것 같은 그 과정에서 큰 위안을 얻을 수 있다. 서랍 안의 공간은 아주 협소하지만 내 마음대로 할 수 있는 유일한 곳이다.

지금도 나는 가끔 내 손에 의해 정돈된 서랍을 열었다 닫았다 한다. 육아우울증으로 지푸라기라도 잡고 싶은 엄마라면 한 번쯤 시도해보았으면 한다.

육아휴직의 시작,
미니멀라이프

버려도 버려도 끝이 없었다. 하지만 물건이 사라지고 공간이 생겨날수록 나는 자신감을 찾아갔다. 변수투성이인 육아의 삶에서 내 공간을 통제할 수 있다는 사실 하나가 나를 일으켜 세웠던 것이다. 육아우울증을 극복하고자 시작한 미니멀라이프는 삶에 대한 내 가치관을 바꿔놓았다.

새로운 삶을 실천하기 시작하며 놀란 것은 내가 생각보다 많은 물건을 소유하고 있었다는 사실이다. 지금껏 이 많은 물건들을 쌓아놓으려 그렇게 힘들게 일 해왔던 것인가 싶어 회의감마저 들었다. 월급을 타면 사고 싶었던 물건을 사고, 그것으로도 부족해 다음 월급 때 사야 할 목록을 추가했다.

마치 쇼핑 리스트를 갱신하려고 일하는 사람 같았다.

그랬던 내가 이제 그 물건들이 버겁다고 버리기 시작했다. 이렇듯 아이러니한 상황이 웃기기도 했다. 그렇다고 모든 물건을 이고 지고 살 순 없었다. 비움의 맛을, 여백의 맛을 알아버렸으니까.

많은 것을 비우고서 최후에 남은 것들을 보면 그제야 진짜 소중한 것들과 마주하게 된다. 그것은 추억이었다. 어린 시절 친구들과 주고받았던 자잘한 쪽지, 초등학교 졸업식 때 아빠가 사주셨던 치마, 중학생 때 친구들과 바닷가에 처음 놀러 가서 주워온 소라껍데기, 그리고 우리 아이들의 사진. 누군가는 값어치 없는 것들이라 하겠지만, 그것들이야말로 내 삶의 정수가 아니었을까.

미니멀라이프는 내 에너지를 물건을 소유하려는 데 쓰지 않고 진정 가치 있는 일에 쏟아야 한다는 생각을 갖게 했다. 당연히 그 가치는 사회나 타인이 부여한 기준에 따른 것이 아닌, 나와 내 가족이 정하는 가치여야 했다.

미니멀라이프를 선택한 후 우리 부부 사이에 풍족해진 것이 있다. 바로 대화였다. 물건을 하나둘 버리다 보면 부부의 공동소유물이라 제멋대로 버리기 어려운 물건들이 있었다. 그럴 때면 우리 부부는 그 물건을 두고 이런저런 이야기를 나누었다. 물건들은 하나둘 버려졌지만, 나와 남편은 물건보다 귀한 것을 새로 얻은 셈이다. 이로써 우리는 전보다 서로를 더 이해하게 되었고, 서로 품어주고 메꿔줘야 할 점이 무엇인지 점차 깨달아갔다. 그때부터 시작되었다. 육아휴직에 대한 고민은.

이제 돈 버는
사람은 없습니다

"그래, 한번 해보자. 육아휴직!"

숙고의 시간 끝에 결심했다. 돈을 조금 포기하더라도 절대로 다시 돌아오지 않을 이 시간을 아이들과 함께 보내는 게 더 가치 있다고 확신해서였다. 더불어 남편과 나도 좀 쉬기로 했다. 사회가 정해놓은 엄마·아빠의 역할을 잠시 내려놓기로 한 것이다. 그래서 딱 1년만 하고 싶은 대로 하면서 살아보기로 했다.

'좀 쉬면 어때? 하고 싶은 것 좀 하고 살면 어때?'

이렇듯 편안하게 생각하기로 했다.

어느 순간 우리 사회는 쉬면서 하고 싶은 걸 하는 사람을 무책임한 사람으로 취급해왔다. 하지만 내가 보기에 무책임한 사람은 자신의 삶에 대해 솔직하지 못한 사람이다.

'어른이 되어 결혼을 하면 자신의 욕구를 숨겨야만 할까?'

'자신을 지우고 육아를 하고 돈을 벌어야만 부모의 역할을 다하는 것일까?'

부모의 역할은 자신의 삶을 열심히 챙기는 모습을 보여주면서 아이와 함께 그 삶을 채워나가는 것이다.

모든 것이 아이 위주로 돌아가는 삶을 사는 것은 책임 있는 부모의 모습이 아니다. 부모 자신을 지우고서 아이를 위해 밥을 하고, 아이를 위해 돈을 벌고, 아이를 위해 애쓰는 것, 이런 게 우리 아이들을 행복하게 할까? 희생은 곧 사랑인가?

아이와 부모가 양립하며 둘의 욕구를 잘 조절하는 삶, 서로 존중할 수 있는 삶, 내 인생을 아이 인생에 걸지 않는 삶이 나는 책임감 있는 부모의 삶이라고 생각한다.

물론 육아휴직을 결심한 후 남편이나 나나 마냥 즐겁기만 한 것은 아니었다. 새로운 삶에 도전하겠다는 의욕이 앞섰지만, 한편으로는 두려웠다. 특히 남편은 나와 아이들을 보며 경제적 문제에 대한 걱정이 가장 컸던 것 같다. 남편을 이해했다. 흔치 않은 상황이니까.

"난 괜찮아. 미니멀라이프 시작하면서 간소하게 생활하고 있잖아? 지금은 어린 우리 아이들을 보자. 돈보다 아이들과의 추억이 더 중요해. 그리고 우리의 꿈과 일상도."

맙소사. 돈벌이도 없는 전업주부가 남편더러 육아휴직을 하라고 바람을 넣고 있다니!

하지만 나는 알았다. 이 모든 결정이 우리 가족을 한 단계 높은 행복으로 이끌어줄 거라는 사실을.

돈이냐
시간이냐

　'전업주부 남편이 육아휴직이라니! 그것
도 전업주부인 내가 그것을 종용하다니!'

　아무렇지 않은 척했지만 마음속으로는 조금 겁이 났다.
돈 걱정을 하지 않았다면 거짓말일 것이다. 나도 돈에 초연
한 사람이 아니니까. 다만 돈과 시간 중 시간을 선택했을 뿐
이다.

　대부분의 사람들은 돈과 시간을 모두 다 갖고 싶어 한다.
우리 부부 또한 그랬다. 돈과 시간, 두 마리 토끼를 모두 놓
치고 싶지 않아 갈팡질팡했다.

　신혼 때만 해도 시간을 포기하고 돈을 택했다. 우리가 가
는 길이 어디로 향하고 있는지도 모른 채 말이다.

하지만 아이들은 우리의 삶을 돌아보게 했다. 그 무엇보다 소중한 존재인 아이들, 그 소중함을 제대로 느낄 수도 없는 삶. 그것이 과연 제대로 된 것일까? 대체 우리가 어디로 가고 있을까? 그 방향을 성찰하기 위해서 우리에게는 시간이 필요했다.

쉼 없이 일에 쫓기는 남편, 그로써 독박육아에 시달린 나, 정신없이 이리 뛰고 저리 뛰었지만 대체 왜 우리가 이렇게 살아야 하는지 알지 못했다. 목적을 상실했던 것이다. 그것을 찾기 위해 우리는 시간을 선택했다.

남편의 육아휴직은 돈과 시간을 다 가질 수 없음을 깨달은 결과였다. 우리는 결국 선택을 해야 했다. 욕심 부려봐야 더한 방황에 빠질 뿐이었다.

미니멀라이프를 통해서 때로는 다음을 기약하기 위해 멈춰야 한다는 것을 배웠다. 그 깨달음이 전업주부 남편의 육아휴직에 용기를 주었다.

미국의 석유왕 존 록펠러가 말하지 않았던가. '하루 종일 일만 하는 사람은 돈 벌 시간이 없다'고. 또 프랑스 시인 폴 발레리도 말하지 않았던가. '생각하는 대로 살지 않으면 사는 대로 생각하게 된다'고.

우리에게 육아휴직은 어쩌면 그런 말들의 의미를 확인해
보는 시간이었다.

어쩌다
육아휴직

슬슬 육아휴직을 준비하면서 그 사실을 주변에 알리기 시작했다. 많은 사람들이 걱정과 함께 '용기 있다'는 덕담도 건넸다. 그때마다 괜한 공명심이 생겨 용기 있는 척하고 싶었던 것도 사실이다. 하지만 고백하건대, 우리의 육아휴직은 용기 가득한 비장의 결단이 아니었다. 그렇게 말하기에는 너무 창피하다.

용기는 우리 선택의 동기가 아니라 결과였다. 우리 부부는 그저 살길을 찾았을 뿐이다. 그 길을 찾아 떠밀리듯 헤매다 보니 도달한 곳이 육아휴직이라는 선택지였다. 우리에게는 그저 '회사냐 가족이냐', '회사냐 내 인생이냐'라는 양자택일의 문제에서 하나를 선택하는 정도의 용기만 있었을 뿐이다.

살고자 한다면

　　　　　유아휴직에 관해 남편과 진지한 이야기가 오갔을 때였다. 하루는 무거운 마음에 잠자리에서 뒤척이다 끝내 잠들지 못하고 밖으로 나왔다.

　무엇을 해야 잠이 올까?

　늦은 시간에 딱히 할 것이 없어 결국 집안 정리를 시작했다. 그날 따라 책장에 눈이 꽂혔고, 어쩌다 한 권의 책을 꺼내어 읽게 되었다.

　'책을 정리하는 중에는 절대로 책을 읽어서는 안 된다'라는 나만의 불문율을 깨면서까지 페이지를 넘기게 했던 책은 《누가 내 치즈를 옮겼을까?》였다. 어떻게 내 손에 들어왔는지조차 기억에 없을 만큼 오래된 책이었다.

어쨌든 미니멀라이프를 추구하면서 처분된 그 많은 책들 중 살아남은 것을 보면 내용이 제법 괜찮았거나 나중에 다시 읽겠다는 계획이 있었음은 분명했다.

책에는 아주 헷갈리는 이름들을 가진 생쥐 두 마리와 인간 두 명이 주인공으로 등장한다. 이 책은 '스니프'와 '스커리'라는 작은 생쥐 두 마리와 '헴'과 '허'라는 꼬마 인간의 작은 모험에 관한 이야기이다.

주인공들은 미로를 헤매며 치즈를 찾아 나선다. 치즈는 우리가 원하는 직장, 부, 사랑, 건강, 인관 관계와 같은 좋은 것을 뜻한다.

인간 주인공인 허는 치즈를 찾아 떠나지만 헴은 끝까지 망설인다. 두려웠기 때문이다. 이 책의 주제는 '성공과 도전, 안주와 실패, 두려움과 안락함' 정도로 요약할 수 있다.

이 책을 다시 훑어보면서 주인공 중 '헴'과 같은 유형의 사람이 나라는 생각이 들었다. 나는 늘 헴처럼 안정과 안주를 추구했으며, 실패의 위험이 따르는 길을 선택하지 않았으니까 말이다. 모험도 싫었다. 내겐 익숙함과 편안함이 진리였다.

그날, 그런 나를 송곳으로 찌르는 것 같은 문구에서 한동안 시선을 멈췄다.

'변하지 않으면 살아남을 수 없다.'

미니멀라이프

Q&A

Q 아이가 점점 커갈수록 자잘한 물건들이 늘어납니다. 어린이집에서 받아오는 교구며 만들기 작품, 그림 같은 것들이요. 첫째인 남자아이는 레고 블럭, 둘째인 여자아이는 액세서리 같은 것이 많은데요. 아이들의 자잘한 물건을 어떻게 비워야 할까요?

A 자주 받는 질문입니다. 아이들은 어느 정도 성장을 하고 나면 엄마가 자신의 물건에 마음대로 손을 대거나, 치우거나, 버린다는 것을 상상을 초월할 정도로 싫어합니다. 저 역시 어린 시절에 그랬던 것 같아 그 마음을 이해할 수 있습니다.

그렇다고 그 모든 자잘한 걸 끌어안고 있기에는 공간이 부족하고, 엄마의 인내심에도 한계가 있지요. 아이와 의견을 잘 조율

하여 한 공간에서 부드럽게 공존하는 것이 중요합니다.

보통 저는 이런 해결책을 드립니다.

"보물상자를 만들어주세요. 소설 《작은 아씨들》에 나올 것만 같은 나만의 보물상자 있잖아요. 그런 걸 아이에게 마련해주고, 소중한 걸 선택해서 그 상자 안에 보관하게 해주세요."

나만의 작은 세계가 있다는 것이 어린아이들에게 얼마나 큰 기쁨일까요?

이 해결책을 드릴 때 저는 과거의 제 어린 시절을 돌이켜 보았습니다. 저도 어릴 적에 저만의 작은 상자가 있었답니다. 당시 아빠가 해외 출장을 다녀오시면 사 오시던 과자는 양철상자에 담겨 있었어요. 어린 눈에 그 상자가 마음에 들었던지 가족들이 그 과자를 다 먹을 때까지 기다렸다가 잘 씻고 말려서 저만의 보물상자로 만들었던 기억이 납니다.

그 상자에는 제가 아끼는 정말 소중한 것들만 담았습니다. 지금 생각하면 정말 자질구레한 물건들이죠. 돌멩이, 작은 조개껍데기, 쓰고 남은 초, 기념 열쇠고리, 친구들과 나눈 쪽지, 예쁜 펜, 아기자기한 머리핀 같은 것들. 이 모든 작은 것들은 성인이 된 지금까지 소중하게 남아있는 '추억'입니다.

만약 이 물건들이 작은 상자에 소중하게 담기지 않고 넘쳐났다면, 저에게 이만큼 각인되어 남아있지 않을 것입니다. 상자를 만들고, 선별하고, 그 속에 담아두었기에 남아있는 '추억'이지요.

아이를 위해 예쁜 상자를 만들고, 그 안에 들어갈 물건에 대해 아이와 상의하거나 혹은 스스로 고르게 하는 것. 이것은 아이에게 소중한 추억을 선물해주는 것 이상입니다. 바로 선택을 연습하게 하니까요.

선택을 연습하는 것은 우리에게 정말 중요합니다. 우리의 지금 모습은 우리가 지금까지 선택해온 것의 총합이라고 봐도 무리가 아니겠지요. 우리의 크고 작은 선택이 지금의 우리를 만든 겁니다.

하지만 물질이 과하게 풍요한 시대인 지금. 우리 아이들은 무언가를 선택하는 경험이 별로 없습니다. 선택하기 전에 모든 것이 주어지거든요. 자신이 원하고 선택하기 전에 모든 것이 부모에 의해 발달 단계에 맞춰 준비되어 있어요.

과한 풍요는 우리 아이들이 '소중하고도 중요한 것'을 선택하는 기회를 앗아갑니다. 그래서 인위적으로라도 선택을 연습하게 하는 것이 중요해요. 이 과정을 통해 아이들은 자신을 알아가고, 자신을 찾아갑니다. 자신만의 기준으로 자신만의 인생을 개척할 준비를 합니다.

혹여나 비울 것을 잘못 선택하더라도 그것을 통해 책임감을 배우게 됩니다. 이런 작은 선택들은 분명 아이들이 자라서 큰 선택을 하게 될 때 도움이 됩니다.

솔직히 말해 저는 미니멀라이프를 실천한 이후로 제 선택에 대해 후회한 적이 별로 없답니다. 설령 잘못된 선택을 했더라도 혼란스럽거나 흔들리지 않습니다. 작은 선택을 연습함으로써 기준이 명확해졌기 때문이지요. 아이들에게 과한 물질적 풍요보다는 오히려 선택을 하게 하는 인위적 빈곤을 선물해주세요.

2장

전업주부의 남편이
육아휴직을?

회사님,
한 가족을 살리셨어요

'아, 왜 이리 전화가 없지?'

안절부절못하며 기다렸다. 예상했던 시간보다 연락이 늦어지고 있었다. 설거지를 하며 걱정을 떨치려 했다. 수세미에 세제를 묻히려던 찰나 스마트폰이 울렸다.

한창 낮잠을 자던 아이들이 깰까봐 다급하게 스마트폰을 쥐고 집안에서 가장 구석진 곳으로 갔다.

"될 것 같아."

남편의 목소리가 들려왔다. 어제 신청한 육아휴직이 오늘 팀장님의 승인을 받은 모양이었다.

나는 확실하냐고 물었다. 남편은 재차 대답했고, 나는 단잠을 자고 있는 아이들만 아니었다면 환호성을 질렀으리

라. 남편의 회사는 꽤 보수적인 곳이라서 불가능하리라 생각했는데 드디어 육아휴직이라니! 너무 기뻤다.

하지만 뛸 듯이 기뻐했던 나와 달리 남편의 기분은 조금 가라앉아 보였다. 확실히 승인이 난 것이냐고 내가 재차 물었을 때 남편 목소리에 묻어있던 다소간의 짜증과 떨림. 직감적으로 나는 남편이 불안해하고 있음을 알아챘다.

남편은 회사에서나 집에서나 책임감이 강한 사람이다. 그런 남편에게는 육아휴직이 회사에 대한 무책임한 행보였을 수도 있다. 이제 막 과장으로 승진해서 정말이지 많은 일을 해야 할 시기에 육아휴직 신청을 했으니까 말이다. 동시에 가족에 대한 책임감도 버릴 수 없었을 것이다.

하지만 남편에게도 쓸 수 있는 에너지의 한계가 있다.

결국 이 모든 걸 고려하여 과감한 결단을 내려준 남편이 정말 고맙고 대견했다.

회사 역사에 전례가 없던 남자의 육아휴직을 받아준 남편 회사에도 감사했다. 늘 업무가 많은 회사였다. 퇴근이 늦었던 남편 때문에 울컥했던 적도 종종 있었다.

언젠가 남편의 퇴근버스가 멈추는 정류장에 마중을 나갔

던 때다. 정류장에는 아빠를 마중 나온 다른 엄마들과 아이들이 많았다. 퇴근버스가 하나둘 도착하고 아빠들이 내릴 때마다 아이들이 달려가 품에 안겼다. 아빠들의 손에 번쩍 들어 올려진 아이들의 얼굴에 새겨진 행복한 미소. 나는 그날 우리 아이들에게도 그 행복을 선물해주고 싶었다.

하지만 버스가 여러 대 지나가도 남편은 내리지 않았다. 정류장에는 이제 나와 아이들만 남았다. 서러웠다. 나는 발길을 돌리지도 못하고 "아빠가 안 오네"라는 말만 되풀이했다.

더 이상 기다려도 오지 않는다는 것을 알면서도 어쩐지 이대로 집으로 돌아가고 싶지 않았다. 날이 캄캄해졌지만 나는 아이들과 주변을 계속 어슬렁댔다. 결국, 그날도 남편은 아이들의 잠든 모습밖에 보지 못했다.

이제는 당분간 그런 설움을 느낄 필요가 없다! 아이들 아빠이자 남편이 아니라, 한 회사의 직원으로만 존재했던 남편은 이제 없다. 회사가, 회사의 육아휴직 승인이 한 가족을 살린 셈이다.

남편의 불안도 이해할 수 있었지만, 그래도 그날 나는 긍정적인 것만 이야기했다. 돈 걱정, 복직 걱정, 인사고과 걱정은 없었다. 어차피 모든 것을 취할 수 없다고 생각하고 충분히 상의하고서 내린 결정이니까. 과연 될까라고 막연히 생각했던 육아휴직이 실현된다는 것만으로도 마냥 신이 났다.

'당분간 우리 네 식구 매일 뒹굴며 놀아야지.'

'매일 함께 밥 먹고 산책도 나가야지.'

'돈이야 아끼면 그만이고, 인사고과야 휴직하면 당연히 어느 정도 불이익이 있는 거 아니겠어.' 하며 편안한 마음으로 1년을 보내자고 했다. 우선 일상을 회복하는 것이 급했다. 그날 우리는 남편이 좋아하는 치킨을 시켜 먹었다. 무려 두 마리나. 앞으로의 행복도 배가 되기를 바라면서.

생활이 가능해?

"우리 생활비가 총 얼마지?"

"1년간의 육아휴직 동안 얼마나 필요할까?"

"가만 있어봐. 그동안 우리 얼마나 모았더라?"

"보험은 어떻게 하지? 또 연금은?"

우리 집 자금 관리는 남편이 전담해왔다. 다행히 나나 남편이나 낭비하는 성격이 아니라서 그간 남편의 월급만으로도 무탈하게 생활이 가능했다. 하지만 막상 육아휴직을 준비하니 돈 생각을 하지 않을 수 없었다.

우리뿐만 아니었다. 실제로 주변의 많은 사람들이 걱정했다. 나도 벌이가 없는 상황에서 남편마저 육아휴직을 했다 하면 열이면 열 모두 "생활이 가능해?" 같은 질문을 했다. 결론부터 말하자면 가능했다. 집집마다 케이스가 다르니 일반화하긴 어렵지만, 우리는 그랬다.

우리 부부의 경우 소비 자체로 만족을 느끼는 스타일이 아니다. 물건을 사든 경험을 사든 고심 끝에 사야 진짜 내 물건 같고, 값진 경험처럼 느껴졌다. 외식비는 거의 들지 않았고, 아이들 옷이나 장난감 같은 경우도 마찬가지였다. 아이들 체험 활동에도 큰돈을 들이지 않았다. 아이들 책 역시 중고를 구입했다. 어느 정도의 물질적 부족함은 아이들을 위해서도 필요하다고 보았기에 과잉 투자를 하지 않았던 것이다.

소비방식이 그처럼 변했던 것은 단지 육아휴직으로 인해 돈을 아꼈기 때문이 아니다. 육아휴직과 함께 미니멀라이프를 본격적으로 실천했기 때문이었다.

사실 우리도 아이가 없던 신혼 때에는 의식의 흐름대로 돈을 썼다. 아껴야 한다는 마음은 있었지만, 맞벌이에 아이도 없었겠다, 유별나게 절약하지는 않았다. 연금과 보험을 든 것 빼고는 적금도 없었다.

그러나 미니멀라이프를 추구한 이후 우리는 소비에 대해 의문을 품기 시작했다. 소비를 통해 물건을 소유하는 것에 대한 인식이 바뀌었던 것이다. 그러다 보니 자연스럽게 지출이 줄었고, 4인 가족 생활비가 단둘이 살 때보다 적어졌다.

물론 돈은 여전히 소중하다. 그렇기에 지금도 우리는 정말 필요하고 원하는 것, 그리고 중요하다고 여기는 것을 위해서만 지갑을 연다. 신기한 것은 그렇게 사는 데도 궁핍함이 느껴지지 않는다는 사실이다. 오히려 올바르게 소비하고 있다는 만족감이 크다. 어쩌면 아끼다가 돈 쓰는 맛을 즐길 수 있게 되었기에 남편에게 자신 있게 육아휴직을 권했던 것인지도 모르겠다.

우리의 라이프스타일을 남에게 강요할 수는 없다. 금전적인 면을 가장 우선하는 이들에게 '나도 했으니 당신도 할 수 있다'고 말할 수는 없다. 우리의 육아휴직이 가능했던 이유는 소비를 다소 포기하더라도 다른 것에서 만족감을 느낄 수 있었기 때문이다.

우리는 아이들과 보내는 시간, 휴식, 자기계발에 더 가치를 두었다. 그래서 우리 인생에 잠시 쉬어가기 위한 여유를 줄 수 있었다.

이런 나더러 낙천적이라고, 너무 긍정적이라고 말하는 친구들도 있었다. 나는 그렇지 않다고 답했다. 남편에게 만날 부정적이라는 핀잔을 듣는다고 했다. 그러자 한 친구가 말했다.

"너는 긍정이고, 네 남편은 초긍정!"

맞는 말 같다. 어쩌면 나보다 더 긍정적인 태도로 살아가는 남편이 없었다면 나의 무모한 시도도 없었으리라.

저도 돈
좋아합니다만

전업주부의 남편이 육아휴직을 했다고 하면, 많은 사람들이 우리 부부를 세속적인 욕망에 관심이 없는 부류로 생각한다. 하지만 그 반대다. 우리 부부는 세속적인 욕망에 관심이 많다. 돈에 관해서도 마찬가지다.

돈에 대한 의견이 일치되지 않거나, 돈에 대한 서로의 가치관을 제대로 파악하지 못해서 부부 관계와 금전적인 부분 모두에 문제가 생기는 경우를 종종 보았다. 이런 부부들은 돈에 대한 대화가 전혀 없다가 돈을 잃고 나서야 상대방을 탓한다. 우리 부부는 경제관념들을 모아서 하나의 가치관을 세우고 같은 방향으로 나아가기 위해 돈에 대해 자주 이야기한다.

'돈은 자식과 같은 거야. 아끼고 사랑한다고 하여 움켜쥐고만 있으면 제대로 자랄 수 없어.'

오랜만에 둘이 드라이브를 하면서 남편이 갑자기 말문을 연다. 이렇게 자주, 자연스럽게 돈에 대한 대화가 오간다.

정말 자식을 사랑한다면 세상으로 나가 좋은 에너지를 보태는 사람이 되도록 뒷받침해줘야 하는 것처럼, 돈 또한 세상으로 나가 가치 있는 소비가 이루어질 수 있게 키워야 한다는 게 우리 부부의 생각이었다. 잘 키운 자식이 세상에 나가서 당차게 자기 꿈을 펼치면 얼마나 기특하고 이쁠까? 돈도 마찬가지로, 그 돈이 좋은 기운으로 부를 스스로 늘리고 누군가에게 도움이 되면 정말 좋을 것이다.

우리 부부는 돈을 쓸 때마다 '감사한 돈아, 세상으로 가서 좋은 일의 밑거름이 되거라.'

커피 한 잔을 마셔도 '아, 이 커피 사 먹을 수 있어 감사하다.' '이런 경제적 능력이 허락돼서 다행이다.'

그리고 한편으로는 '그래, 나는 이 권리를 누릴 자격이 있어' 라고 생각한다.

육아기에서도 3세 이전이 중요하다고 하듯이 돈도 작은

돈일 때 소중히 다루고 아껴주는 것이 중요하다. 육아를 위해 공부하듯 돈 또한 잘 불리기 위해 투자 공부도 해왔던 사람들이 우리 부부다.

육아휴직을 한 이유도 같은 맥락에서였다. 가족과 함께하는 일상을 모두 저당 잡히면서까지 돈을 벌어야 하는 이유는 무엇인지, 그 이유가 진짜 우리가 원하는 것인지 잠시 생각해볼 시간이 필요하다고 보아서였다.

돈을 벌기 위한 목표와 동기를 분명히 해야 장기적으로 돈을 버는 일에 대한 회의감에 흔들리지 않고 나아갈 수 있다. 돈? 좋다. 벌어야 한다. 하지만 지금 우리 가족이 불행한데? 잘못된 것 아닌가?

육아휴직을 결심한 데에는 다시금 돈을 제대로 벌기 위한 성찰의 시간을 갖자는 마음도 있었다.

부모님이 도와주셔?

오랜만에 외출을 했다. 처음 만나는 사람들과 함께하는 자리였다. 육아를 시작한 이후로 항상 집주변에서 비슷한 상황을 가진 아기 엄마들만 만나왔기에 어색했지만 설레는 자리였다. 아직 어린아이 둘을 둔 연년생 엄마라고 소개하자, 자연스럽게 다음과 같은 질문을 받았다.

"그럼, 지금 아이들은 누가 보고 있어요?"

"아, 지금 남편이 육아휴직 중이라 아이들은 남편이 돌보고 있어요."

이렇게 대답하자 예상 밖의 반응이 돌아왔다.

"어머, 남편이 육아휴직을 다 하고, 시댁이 잘사나 봐요?"

이와 비슷한 상황이 육아휴직을 하던 동안 몇 번 더 이어졌다. 남편이 육아휴직을 해도 생활이 가능하다고 답해도 사람들은 의심을 거두지 않았다. 생활비를 지원받든, 아이들을 돌봐주든, 부모님으로부터 어떤 도움이라도 받으니 육아휴직이 가능하지 않겠느냐는 물음표를 그렸다.

빡빡한 생활의 연속인 우리 세대의 삶을 돌아보면 지극히 합리적인 생각이었다. 실제로 친정부모님은 우리가 보험과 연금을 해지하거나 감액했던 사실을 알게 된 후 무척 안타까워하셨다. '어려운데 왜 말하지 않았느냐, 왜 그리 쉽게 결정을 했냐'는 안타까움이었다.

당연한 사실이지만 육아휴직은 우리의 선택이었고, 그 책임도 우리가 고스란히 져야 한다. 보험과 연금을 건드렸던 것도 우리 스스로 경제적 책임을 다하기 위함이었다. 부모님의 도움으로 보험이나 연금을 유지할 생각은 추호도 없었다.

우리 부부는 휴직을 하며 약속을 했다. 세상의 기준에 기죽지 말고 우리 하고 싶은 대로 하면서 살아보자고, 설령 부모님이 반대하시거나 개입하시려 해도 말이다. 그러니 어떻게 부모님에게 손을 내밀겠는가.

지금껏 살아오면서 내가 깨달은 몇 개 안 되는 진리 중 하나가 '세상에 공짜는 없다'라는 것이다. 만일 누군가에게, 설령 그 누군가가 부모님일지라도 경제적 도움을 얻으면 우리의 결정권은 약해지기 마련이다. 사업을 할 때 투자를 받으면 투자자의 의견을 경영에 반영해야 하듯, 부모님에게서 생활비를 받게 되면 우리 생활의 지분을 갖게 된 부모님의 의사도 받아들여야 한다.

우리는 그런 상황을 애초에 만들지 않기로 했다. 효심이 깊어서가 아니었다. 그저 우리의 자유의지를 소중히 여겼을 뿐이다. 돈을 받으면 우리 마음대로 살지 못함을 알고 있었으니까.

성공의 기준은 무엇일까? 육아휴직을 하면서 나는 그 기준을 좀 더 분명하게 세울 수 있었다. 인생에 대한 중요한 결정을 스스로 하는 것, 즉 나의 결정권이 클수록 성공한 삶에 가깝다는 것이다. 경제적 독립은 그 시작이다. 그래야 내가 선택한 대로 인생을 살아갈 수 있다.

그런 점에서 우리의 육아휴직은 성공적이었다. 1년간 어떤 원조도 받지 않고 육아휴직 지원금과 모아둔 저축을 조금씩 까먹으며 살았다. 그러면서도 부모님들의 생신과 명절,

경조사도 모두 챙겼다. 풍요롭지는 않았지만 우리가 하고 싶은 것을 남 눈치 보지 않고 다 했다.

그랬더니 세상이 다르게 보였다. 세상은 더 이상 바쁘고 힘든 곳만이 아니었다. 즐거운 콘텐츠로 가득 찬 곳이었다.

어떤 이에게는 우리의 육아휴직이 시간 낭비로 생각될 수도 있다. 한창 달려야 할 시기에 마냥 쉬는 것처럼 보일 수도 있기 때문이다. 하지만 세상을 보는 새로운 눈을 갖게 된 우리더러 과연 누가 '왜 육아휴직을 하냐', '왜 시간을 마냥 흘려보내냐'며 나무랄 수 있을까? 혹시 육아휴직을 결정하려는 이가 있다면 이렇게 말해주고 싶다.

마음대로 살아보라고. 그리고 나만의 기준을 가지라고. 대신 그러기 위해선 누군가의 지원을 받아서는 안 됨을 잊지 말라고.

네, 저는
전업주부입니다

이번에는 남편이 겪었던 상황이다.

"육아휴직을 하셨다고요? 아, 아내분 대신 육아하고 계시나 봐요?"

남편이 밖에 나가 육아휴직을 했다고 하면 십중팔구 이런 대답이 돌아온다. 대부분 남편이 육아휴직을 한 경우 아내가 워킹맘이다. 그래서 우리 부부의 이야기에 대한 반응은 때론 다소 회의적이다. 대체로 3가지 점에서 그런 것 같다.

첫째, 경제적인 부분이다. 요즘은 둘이 벌어도 힘들다는데 둘 다 놀고 있다니! 누구나 우리 부부와 같은 결정을 하기가 쉽지 않은 가장 큰 이유인 것 같다.

둘째, 경력적인 부분이다. 1년간의 휴직은 아무래도 인사고과, 심지어 복직 가능성마저 걱정해야 할 일 아니냐는 것이다.

셋째, 육아적인 부분이다. 의외로 많은 이들이 부부가 함께 아이를 돌보는 걸 '과잉 육아'라고 주장했다.

그럼에도 우리가 육아휴직을 결심한 이유는 분명하다.

첫째, 우리는 경제적인 면을 포기한 것이 아니었다. 더 큰 경제적 자유를 위해 잠시 유보했을 뿐이다. 그리고 경제적 수입은 꼭 회사를 통해서만 얻을 수 있는 것도 아니다. 우리는 휴직을 통해 그 점에 대해 폭넓게 생각하려 했다.

둘째, 경력적인 면에서의 걱정 또한 없었던 것은 아니다. 하지만 역으로 생각하면 휴직 없이 일한다고 하여 경력이 보장되는 것도 아닌 시대라는 점을 고려했다. 개근상 받으려는 듯 회사를 다녀도 정년이 보장되지 않는 게 현실 아닌가.

셋째, 육아적인 면에서 우리 부부는 함께 아이들을 키우는 기쁨을 만끽하고 싶었다. 아이 키우는 데 부모 중 한 명만 있어도 좋다는 생각에 우리는 동의하지 않았다. 아이를 키울 때에는 주변에 사람이 많을수록 좋다는 게 우리 부부의 생각이다.

우리 부부 또한 많은 분들의 염려를 무시하고 육아휴직을 결정한 것은 아니었다. 그만큼 신중하게 숙고했지만, 아무리 신중해도 결국 최종 결심에서 필요한 것은 용기였다.

하지만 우리는 퇴사를 결심한 게 아니다. 휴직을 결심한 것이다. 그러니 걱정은 잠시 잘 접어 주머니에 넣어두기로 했다.

행복을 보장할
직장은 없다

내 전공은 미술이다. 미대는 졸업 작품이 졸업 논문을 대신한다. 학부 4학년, 한창 졸업 작품을 준비하던 때였다. 하루는 지도교수님께서 우리에게 물었다.

"작가 할 생각은 없니, 너희들?"

모두 쭈뼛거리고 있을 때 한 친구가 용감하게 답했다.

"작가 하면 돈 못 벌잖아요."

아마도 그때 그 자리에 있었던 친구들의 절반 이상이 그렇게 생각했을 것이다. 그리고 나머지 절반은 학부 시절을 거치며 자신에게 작가로서의 재능이 부족함을 확인했을 테고 말이다. 나 역시 마찬가지였다.

돌이켜보면 그 시절 나는 자신의 의지보다는 사회적 시선과 부모님의 의견에 이끌려 살았던 것 같다. 당시 나는 졸업 작품은 뒷전이었고, 중등교사 임용고시에 매진하고 있었다. 그조차 순전히 내 뜻이었다기보다는 교사이신 엄마의 등쌀 때문이었다.

전공은 내가 좋아하는 미술을 택할 수 있었지만, 직업 선택만큼은 내 권한이 아니었다. 전공이라도 내 의지로 선택할 수 있었으니 어쩌면 행운이었다. 그렇다고 엄마가 권하는 길을 마다하고 자신 있게 다른 길을 가겠노라고 말할 만큼 용기나 도전정신도 없었다. 내가 진정으로 원하는 게 무엇인지도 잘 몰랐으니까.

나만 그랬던 것도 아니다. 다들 그랬다. 주변의 조언과 어른들의 우려 속에서 모두가 가는 길을 함께 걸어갔던 것이다. 그 길이 바늘구멍처럼 좁아 그 여정이 고난의 연속이더라도 사회적으로 '안정'이라는 직인이 찍혀있다면 그 길을 택했다.

사실 전공을 그대로 직업과 연결시킬 수 있는 학과는 정해져있다. 의대나 공대처럼 말이다. 그렇지 않은 이상, 특히나 같은 예술 계열 전공자는 졸업 후 작가가 되는 것이 아니면, 학원을 차리거나 학원 강사가 되는 것이 주된 진로였다. 혹은 대학원을 가거나. 엄마의 권유에 딱히 불만이 없었던 것도 그래서였다. 그나마 전공이라도 살려 교사를 할수 있다면 제법 괜찮은 미래라고 여겼다.

나름 열심히 임용고시를 준비했지만, 결과는 낙방이었다. 실망했지만 좌절까지 하지는 않았다. 곧 당연한 결과로 받아들였다. 임용고시를 준비하면서 교사라는 직업을 간절히 원하고 실력도 뛰어난 이들을 수없이 보았기 때문이다. 어쩌면 그런 이들이 아니라 나 같은 사람이 합격하는 것도 문제였을 것이다. 그리고 그때 깨달았다. 간절하지도, 좋아하지도 않는 일을 억지로 해봐야 성과가 없다는 것을.

그래도 나는 이후 한 중학교에 기간제 교사로 취업을 했다. 첫 직장이었다. 사회생활의 시작이었던 만큼 동료들과 어울리며 돈도 버는 재미에 열심히 했던 것 같다. 하지만 교사로서의 보람이나 사명감은 크지 않았다. 주어진 일에는 책임을 다했고 평가도 나쁘지 않았지만, 이 길이 과연 내 길이 될 수 있을지 확신하지 못했다. 그래서 계약 기간이 끝난 후에는 더 이상 교사의 길을 걷지 않았다.

다른 길을 모색했다. 한동안은 먹고 살만큼 모아둔 돈도 있었기에 아빠에게 글을 쓰고 그림을 그리며 살겠다고 말씀 드렸다. 아빠는 늘 내게 도전하는 삶을 살아가라고 말씀하셨던 분이었기에 당연히 나를 지지해주시리라 믿었다. 그러나 웬걸, 나는 태어나서 아빠가 그렇게까지 화를 내는 모습을 처음 보았다.

큰 충격을 받았다. 도전을 장려하던 아빠가 딸의 도전을 그렇게 받아들이실 줄이야! 미대를 나온 사람이 그림을 그리며 살겠다는 게 감당할 수 없는 도전으로 보였을까? 어쨌든 그 뒤 1년이 지나 결혼을 했기에 그 사건은 그렇게 일단락되었다.

남편은 미대를 나와 이러저리 방황했던 나와는 달랐다. 모범생으로 자랐고, 모두가 선망하는 대기업에 입사했다. 아마도 처음에는 세상을 다 가진 듯했을 테고, 주변의 부러움도 많이 샀을 것이다. 그리고 젊은 패기로 회사에서 뭔가 해내겠다며 자신만만했을 것이다. 하지만 현실은 어땠을까?

그래, 지금이
멈춰야 할 때

10대에는 대학에 못 가면 죽을 것 같았고, 20대에는 대기업에 못 들어가면 낙오자로 살 것 같아 불안했다. 30대에는 결혼을 못 해 안달이었다. 그리고 앞으로 다가올 40대에는 아이 공부시키느라 동분서주할 테고, 50대에는 아이의 대학 등록금을 걱정하겠지. 60대가 되면 자식 혼사 걱정하며 은퇴 후의 삶을 살게 될 것이다.

쳇바퀴 돌리는 것과 다를 게 없는 인생이다. 사회가 만든 그 바퀴를 돌리지 않으면 죽을 것처럼 느껴진다. 지나고 나면 별 것 아닐 수도 있을 텐데, 우리는 목숨을 걸고 쳇바퀴를 돌린다. 그리고 시간이 흐를수록 아무 목적과 의미도 찾지 못한 채 관성대로 쳇바퀴를 돌린다.

'내가 지금 어디로 가고 있지?'라는 의심이 들 때도 있지만 묻기를 단념하면서 우리 부부는 그 쳇바퀴 밖으로 잠시 탈출했다.

물론 우리의 선택이 정답일지에 대한 확신은 없다. 100년을 살게 된다는 시대에 고작 40년도 살지 않은 우리가 무엇을 확언할 수 있겠는가.

다만 우리는 이 길이 과연 옳은 길인지 의심했고, 쳇바퀴를 돌리는 동력을 상실하기 전에 잠시 쉬어보기로 한 것이다. 언젠가는 다시 굴려야 할 쳇바퀴지만, 조금 다른 생각을 하면서 돌린다면 돌리는 재미라도 생기지 않을까 하는 기대와 함께.

우리의 선택은 무모한 것이었을까? 그럴지도 모르겠다. 다만 확실한 것은 이대로 살다가는 40살도 채 못 돼 그 쳇바퀴에서 굴러떨어질 것이라는 사실이었다.

3장

그해 봄, 나의 휴가는
시댁살이

힘 빼고 살 타이밍

2018년 3월, 남편이 공식적으로 휴직을 했다. 그렇게도 바라던 육아휴직이었지만 처음에는 나도 그 상황이 어색했다.

"자기야, 자기 정말 내일 회사 안 가도 되는 건가?"

나는 뜬금없이 남편에게 이렇게 물었다. 낯선 상황에 적응하는 시간이 필요해서였다. 남편이 휴직을 했다고 크게 달라지는 것은 없었으니까.

아이들은 여전히 아침 일찍 일어났고, 삼시 세끼를 열심히 먹었다. 우리도 거기에 맞춰 생활했다. 한 가지 달라진 점이라면 주말이 없어진 것이었다. 회사를 가지 않으니 주말도 평일과 같았다. 대신 주말의 호사를 평일에도 누릴 수 있었다. '주말의 일상을 평일에 맛보는 것이 이런 기분이구나.' 주말에는 항상 어딜 가나 붐비지만, 주말 같은 평일을 보내다 보니 어딜 가나 한적하다는 것. 달라진 것은 그것뿐이었다.

육아휴직이 과연 가능할지, 하고 나면 후폭풍이 없을지, 호들갑을 떨었던 마음도 어느새 가라앉았다. 세상은 우리의 휴직을 모르는 듯 잘도 돌아갔다. 휴직 후 며칠간 남편에게 걸려오던 업무상 전화도 이내 오지 않았다. 아이들 돌보는 일을 제외하고 우리는 계획 없이 마음 끌리는 대로 살기 시작했다. 30년 넘게 살면서 이렇게 태평하게 지냈던 적이 있었던가 싶을 정도로 호젓한 삶이었다.

우리는 육아휴직 기간 내내 힘을 빼려고 애썼다. 하기 싫은 일도 할 수 있어야 어른이라면, 우리는 어른이 아닌 것처럼 살았던 셈이다.

그런데 재밌는 것은 그럴수록 또 다른 힘이 들어갔다는 사실이다. 어른의 삶을 포기하고 어린아이처럼 살자 비로소 스스로 하고 싶었던 일에 집중하는 힘이 생기기 시작한 것이다. 남들이 보면 한량처럼 사는 것처럼 보였겠지만, 우리는 저절로 열심히 살아지는 기이한 경험을 즐기고 있었다.

돈이 아닌
일상을 버는 삶

남극기지에서는 일상성을 굉장히 중요하
게 여긴다고 한다. 극한 환경에 처했을수록 일상성을 지키는
것이 사람들의 삶을 보호해주기 때문이라는 것이다.

요즘은 이렇듯 일상성을 중시하는 '소확행^{(작지만 확실하게 실현 가}
^{능한 행복)}', '와비사비 라이프^(부족함에서 만족감을 느끼는 삶)', '휘게 라이프
^(편안하고 기분 좋은 삶)' 또한 유행이다. 괜히 유행하는 라이프스타일
이 아닐 것이다.

육아휴직 전 우리에게는 일상이란 없었다.

사실 우리 부부는 일상이 무언가 대단한 것이라고 생각해
본 적은 없다. 다만 사회생활의 햇수가 늘어갈수록

'별 것 아니라고 생각했던 것들이 왜 이리 어렵지?'라는

의문을 품는 날이 많아졌다.

아이가 아빠를 보고 잠드는 것, 네 가족이 함께 저녁을 먹는 것, 주말에는 늦잠을 자며 아침 겸 점심을 먹는 것. 이런 것들을 자연스럽고 당연한 것이라 생각해왔다.

이런 것들을 별 것 아니라 생각했던 내가 잘못된 것인지, 아니면 이런 일상적 행동들을 별 것 아닌 것이라 치부하고 그것을 지킬 여유를 주지 않는 사회가 잘못된 것인지 헷갈리기 시작했다. 머지않아 나는 내가 잘못된 것이 아님을 깨달았다.

일상의 사소함은 여유가 있는, 경제적 자유가 있는 사람만 누리는 것이 아니라 내가 당연히 누려야 할 권리 같은 것이었다.

휴직 후 우리 부부는 괜스레 히죽히죽 웃는 날이 많아졌다. 이제야 사람이 사는 것 같았으니까. 육아휴직은 이렇듯 우리 가족에게 행복에 관한 중요한 교훈을 주었다. 꿈을 이뤄서, 돈이 많아서, 비싼 밥을 먹어서 행복한 것이 아니라는 사실을 가르쳐주었던 것이다.

일상이 지켜지지 않으면 행복은 요원한 일이다. 돈 버는 사람이 없음에도 우리가 행복할 수 있었던 것은 바로 그 잃어버렸던 일상을 되찾았기 때문이었다. 서로의 얼굴을 바라볼 수 있는, 아이들의 웃음에 응대해줄 수 있는, 곰 같은 남편과 여우 같은 마누라가 보글보글 끓인 된장찌개를 토끼 같은 자식들과 함께 먹을 수 있는 여유야말로 우리를 행복하게 했다.

그리고 깨달았다. 그런 일상을 지킨다는 게 그리 녹록한 것만은 아님을. 돈과 명예, 지위를 지키기 위해 노력하는 것처럼 일상도 노력을 해야 지킬 수 있다. 당당히 요구해야 하고 누가 그것을 뺏겠다고 하면 싸워서라도 지켜야 한다.

행복, 그 시작은 일상을 찾는 것에서 시작된다. 성공도 일상의 존재 위에 쌓아올려야 무너지지 않는다.

거제댁이
미쳤구나

"뭐, 시집살이?"

육아휴직 후 우리는 트렁크 두 개만 들고 상경했다. 휴직하는 1년간 서울에 있는 시댁에서 살기로 한 것이다.

주변의 걱정이 많았다. 그리고 '대단하다'고도 했다. 심지어 미쳤다고 하는 이도 있었다. 친정엄마와 붙어있어도 싸우는데, 시어머니와 함께 어떻게 지낼 것이냐는 애정 어린 조언을 해주는 이도 있었다.

하지만 나는 크게 걱정하지 않았다. 시어머니 또한 무척 바쁘신 분이라 함께 있을 시간도 길지 않았고, 시아버지 또한 주말에만 서울에 올라오시는 상황이었다. 사실 은근한 기대도 있었다. 가끔 아이들을 맡기고 남편과 데이트를 할 수 있지 않을까 하는.

그런 사전 계획에 따라 시댁에 입성했다.

물론 기대대로만 되지 않을 때도 많을 것이라는 사실 또한 이미 알고 있었다. 다소 불편한 점도 분명 생기겠지만, 그럴 때마다 아이들이라는 윤활유를 활용해 조화롭게 지낼 수 있었다.

어디 나만 불편했겠는가? 시부모님 역시 호젓하게 사시다가 번잡함과 번거로움을 느끼셨을 것이다. 그것을 알았기에 늘 경계선을 지키고자 노력했다. 그것은 시부모님도 마찬가지였다.

서로가 배려했다. 작은 불편함을 감수하니 함께 사는 것에는 오히려 좋은 점이 많았다. 아이들에게 그동안 느껴보지 못했을 할머니·할아버지의 정을 실컷 느끼게 해줄 수 있어서 좋았고, 나 역시 시부모님과 이제야 진짜 가족이 된 듯했다. 주말 저녁이면 다 같이 모여 치킨을 먹으며 주중에 있었던 재미난 경험과 사소한 고민들을 나누었다.

돌이켜보면 나는 시집살이를 한 게 아니었다. 시댁 어른들과 소소한 일상을 함께했던 것이다.

또
미친 듯이
비우다

　　　　나 같은 미니멀리스트의 문제는 타인의
집에 가서도 치우고 싶은 물건들이 눈에 들어온다는 것이다.
깔끔한 편인 시댁에서도 마찬가지였다.

　물론 마음대로 비우지는 못했다. 내 것이 아닌 것을 마구
버릴 수 없음은 당연하고, 내 라이프스타일을 타인에게 강요
할 수는 없으니까.

　그러던 어느 날 내 눈이 커지게 하는 일이 벌어졌다.

　"얘야, 요즘 미니멀라이프가 유행이잖아. 유튜브 보니까
그런 집 너무 깔끔하고 좋더라. 너희 집도 그렇고. 나도 좀
버리고 가뿐하게 살아보고 싶네."

　'올레!'

마음속으로는 환호했지만 내색하지 않고 대답했다.

"네, 어머니, 걱정하지 마세요. 제가 다 비워드릴게요."

그날 이후 시댁도 비우기 시작했다. 시어머니 허락도 떨어졌으니 무서울 게 뭔가. 죄다 꺼내서 하나하나 살펴보고 버리고 팔기를 반복했다.

시댁 비우기는 내게 의미가 깊었다. 재주가 재주인지라 그때까지 정말 많은 지인들의 집 정리를 도와주기는 했어도, 시댁 정리는 그런 경우와는 달랐으니까. 정리하는 과정에서 남편의 추억 하나하나와 마주했다. 남편의 어릴 적 사진, 유치원 졸업장, 친구들과 주고받았던 쪽지, 짝사랑했던 선생님에게서 받은 졸업식 선물 등을 보며 그 시절의 남편과 만났다. 특히 몰래 읽은 남편의 중학생 시절 일기는 너무 유치하고 웃겨서 정리하는 내내 놀림거리가 됐다. 물건은 비워졌지만 우리만의 추억이 이렇게 또다시 쌓여갔다.

그렇게 한동안 재밌는 시간이 이어졌다. 다락방에서 우연히 보물상자를 발견해 열어본 기분이었다. 사진 속 어린 남편의 모습이 어찌나 우리 아이들과 닮았던지. 연애 시절부터 지금까지 20년 지기로 살아온 남편인데, 시댁의 추억 상자

속에는 여전히 내가 모르는 남편의 모습이 있었던 것이다. 다시 연애하는 기분도 들었다. 시댁 정리는 그렇게 남편에게 더 가까이 다가갈 수 있게 해주었다.

더불어 어린아이를 안고 있는 젊은 시절의 시어머니의 사진을 보며 여러 가지 감정이 들었다. 사진 속에는 한 남자의 아내, 두 아이의 엄마, 한 여자의 일생이 있었다. 그 후 나는 시어머니의 마음을 여러모로 이해하게 되었다. 동질감이 들었다. 심지어 친근하게 느껴지기까지 했다.

여름 같았던 늦봄, 그렇게 나는 땀 뻘뻘 흘려가며 버리고 치웠다. 물론 버린 물건들 중에는 시어머님의 손에 의해 다시 귀가한 물건들도 있었지만.

계절의
여왕을 찾았다

계절의 여왕이라 불리는 5월에서 6월 사이, 원래 나는 이 계절을 정말 좋아했다.

하지만 둘째를 임신한 몸으로 돌쟁이 첫째를 홀로 돌보던 시기, 육아우울증을 겪었던 시기가 딱 이 계절이라 이제는 이 계절이 마냥 좋지만은 않다. 입덧으로 변기를 매일 붙잡고 있었고, 유일하게 먹을 수 있는 음식은 딸기뿐이었다.

첫째에게 이유식을 먹일 때면 냄새가 역하게 느껴져 딸기로 코를 막았다. 한 손으로는 딸기로 코를 막고, 나머지 한 손으로는 이유식을 들고 어떻게든 한입이라도 먹여보겠다고 고군분투하던 기억이 아직도 생생하다.

지금은 웃으며 이야기하지만 그때는 참 힘겹고 처절했다.

아마 이 기억이 트라우마로 남아 앞으로 몇 년 동안은 이 계절이 되면 한 번씩 울적하지 않을까 싶다.

'그러게, 누가 결혼하래?'

'그러게, 누가 애 낳으래?'

'그러게, 누가 타지로 시집 가래?'

'그러게, 누가 연년생 낳으래?' 하고 묻는다면 할 말이 없다. 그런 이야기를 듣고 싶지 않아서 죽을 것 같이 힘들어도 힘들다는 말 한마디 못했다.

하지만 더 이상 내 목소리를 숨기지 않을 것이다. 독박육아도 거뜬히 해내는 '슈퍼맘'이라는 허울 좋은 이름 뒤에 숨지 않을 것이다. 이제는 이렇게 이야기하면서 풀어나가려고 한다. 그게 건강한 방식 같다.

많은 이의 질타를 받아도, 내 마음 편한 게 우선이다. 혹시나 나처럼 힘든 분들, 육아가 버거운 사람들에게도 위로를 주고 싶다. 당신만 힘든 게 아니라고.

다행히 육아휴직을 하고 서울에 와서 다시 내가 사랑했던 그 계절을 점차 찾아가기 시작했다. 한강과 함께.

거제에 내려가 살면서 가장 많이 그리웠던 장소가 서울의 한강이었다. 거제의 드넓은 바다가 코앞에 있는 집에 살면서도 나는 유독 한강이 그리웠다. 사실 서울에 살 때는 그리 자주 가지도 않았으면서 말이다.

철없던 20대. 터덜터덜 느긋하게 한강 둔치를 거닐고, 근처의 편의점에서 라면을 먹으며 맥주를 마시던 그 시절의 추억. 나는 그 시절 그 감성이 그리웠다. 거제에는 한강보다 더 깊고 푸른 바다가 있다. 하지만 거제의 바다는 나의 30대의 사회인으로서의 노고와 육아의 애환이 서린 곳이다. 그래서 그런지 마냥 편한 마음으로 멍하게 바라만 봐도 좋았던 한강이 보고 싶었다.

그렇게 다시 한강을 찾았다. 돗자리를 펴놓고서 여유롭게 치킨을 시켜 먹고, 기계로 봉지라면을 끓여준다는 곳에서 라면도 먹어보았다. 참, 별 것 아닌 평범함이 얼마나 그리웠던지, 그 염원을 이루고자 날씨가 유독 나쁘지만 않으면 이틀에 한 번꼴로 한강에 나갔다.

평일 한강은 아이들을 풀어놓기에 딱 좋은 장소였다. 한창 비눗방울 놀이에 빠져있던 첫째에게는 다른 사람들에게 피해 주지 않고 마음껏 비눗방울을 만들어줄 수 있었다. 하염없이 무한 걷기에 빠져있던 둘째에게 한강 둔치 길은 최고의 워킹코스였다. 그리고 무엇보다 좋았던 것은 바로 나. 야외에 나오면 아이들의 놀이친구를 자처해주는 남편 덕분에 내가 할 일이라고는 철퍼덕 누워 하늘을 보며 쉬는 일뿐이었으니까.

탁 트인 하늘과 한강을 바라보고 있으면 스르르 잠이 들 정도로 마음이 편안해졌다. 가사일에서 벗어나 스마트폰도 저만치 내려두고 그저 아이들에게 집중할 수 있는 것만으로도 좋았다.

서울 사람들이 부러웠다. 하지만 내가 그랬듯, 막상 서울 사람들은 한강에 잘 오지 않을 것이다. 외국인들이 왜 한강을 그렇게 좋아하는지, 나도 오랜만의 서울 생활을 통해 실감했다.

가까이 있으면 소중한 것을 잘 모른다.

시부모님과의 관계
Q&A

Q 휴직 후 1년 동안 시댁에서 지내면서 시부모님과의 트러블은 없었나요? 그렇게 결심하게 된 계기와 잘 지내는 비결은 무엇인가요?

A 휴직하자마자 서울로 올라와 꼬박 1년 동안 시댁에서 지냈습니다.

처음 결심은 단순했어요. 아이들에게 할머니·할아버지의 정을 느끼게 해주자. 그리고 우리 부부도 서울에서 배우고 싶은 것 배우고, 하고 싶은 것 하면서 문화생활을 좀 해보자.

만약 아이가 없었다면 그렇게 쉽게 시댁에서 사는 것을 결정하기가 어려웠을 것 같아요. 하루나 이틀도 아니고 1년이었으니까요. 하지만 아이가 있었기에 조금 불편하더라도 감수할 수 있었던 것 같아요.

이 불편함을 처음부터 받아들이고 시작하는 게 중요해요. 시부모님과 며느리는 사실 남과 남이 연결된 관계이지요. 다만 나의 자식이 사랑하는 사람이기에, 내가 사랑하는 사람의 부모이기에 받아들이기로 '결심'을 했을 뿐이죠.

하지만 결심을 했다고 해서 뭐든지 일사천리로 이루어지지는 않죠. 결심한 순간부터 이제는 익숙해질 시간이 필요한 거예요. 그건 며느리나 시부모님이나 마찬가지지요. 다만 우리나라의 가부장적인 문화상 그 익숙해지는 역할이 며느리에게 치중되다 보니 억울한 일이 생기고 트러블이 일어나지요.

저는 한쪽만이 계속 참는 것은 가장 나쁜 방법이라고 생각해요. 그러면 결국 폭발하거든요.

시부모님과 저도 처음부터 사이가 좋았던 것은 아니에요. 우리도 지금껏 다른 곳에서 다른 문화로 살아왔기에 그로 인한 충격이 있었고, 받아들이는 시간이 필요했지요.

처음 시댁에 갔을 때 시아버지의 수저만 은수저인 것에 굉장히 놀랐어요. 시아버지를 아끼시는 시어머니만의 사랑 방식이었지만, 저는 같은 여자로서 조금 억울하더군요. 하지만 그것에 대해 바로 언급하지 않았고, 몇 년이 지나 시어머니께 좋은 은수저를 선물하는 방식으로 제 의사를 알렸답니다.

처음부터 며느리를 딸처럼, 시어머니를 친정엄마처럼 생각한다는 것은 어폐가 있어요. 딸과 친정엄마 사이에는 엄청난 지지고 북고 회복하는 시간이 있었으니까요. 그걸 단박에 메우는 건 불가능한 일이죠. 처음에는 서로의 관계가 불편한 것이 당연합니다. 그러니 서로 배려해주어야 잘 지낼 수 있다고 생각해요.

아이들이라는 매개체가 생긴 이후로 그 부분에서 조금 수월해진 것 같아요. 함께 좋아하고 공감할 수 있는 존재인 아이들이 있다는 것이 조금 불편할 수도 있는 고부간의 분위기를 부드럽게 만들어주었다고 할까요.

시부모님 입장에서는 자녀들을 독립된 인격체로 받아들이는 게 쉽지 않으시죠. 자녀들을 결혼시켜서 독립시키는 것이 아닌 '자신의 집에 며느리나 사위라는 존재가 한 명 들어왔다'라고 생각하시는 경우가 많아요. 생각은 아니더라도 행동이 뒤따라주지 않는 경우도 많고요.

저도 아이들을 낳아보니 그 마음이 이해가 되기도 하지만, 그래도 우리의 독립된 삶을 관철시켜야 한다고 생각해요. 부모님이 자녀들을 독립시킬 준비가 되지 않았다 하더라도 포기하지 말고 시간을 길게 잡고서 의사를 전달해야 한다고 봅니다. 그래야 부부 관계도 흔들리지 않고 공고해질 수 있어요.

이쪽저쪽 양가에 끌려다니다 지치거나 싸우는 부부들을 자주 봤거든요. 경제적이든 정신적이든 확실한 분리를 하는 것이 고부간의 관계에 좋다고 생각해요.

마지막으로 시부모님과 사는 며느리들에게 '자신의 행동에 대해 지나치게 눈치를 보거나 죄책감을 느끼지 말고 당당하라'고 말씀드리고 싶어요. 주변을 보면 일을 하거나, 육아를 할 때 눈치를 보는 며느리들이 많거든요. 시부모님의 성향에 따라 일하는 며느리를 좋아하시거나 육아만 하는 며느리만 좋아하시는 경우 등 경우의 수는 다양하니까요.

　　하지만 거기에 휘둘리면 한이 없지요. 스스로 생각할 때 떳떳하다면 일을 하든 육아를 하든 당당하게 했으면 좋겠어요. 저 역시 아이들과 육아 초기를 열심히 보낸 만큼 남편의 육아휴직 기간 동안 남편에게 아이를 맡기고 자기계발을 하고, 일하러 열심히 다니기도 했어요. 물론 시부모님도 적극적으로 지지해주셨지만, 시부모님이 눈치를 주셨건 안 주셨건 스스로 눈치를 봤다면 아마 그렇게 못했을 거예요.

4장

그해 여름, 비로소
거제 바다를 즐기다

매일
바다에 가다

우리 집 앞에는 커다란 바다가 있다. 부엌 창문으로 바라볼 때의 경치가 특히 좋은, 이른바 '오션 뷰 하우스'다. 하지만 코앞에 바다가 펼쳐져 있어도 일과 육아에 치여 제대로 바다를 즐긴 적이 없었다. 그래서 이번 여름만큼은 거제의 바다를 휴양지로 느껴볼 심산이었다. 3월부터 6월 말까지 4개월을 꽉 채워 서울에서 보낸 후 7월이 되자마자 우리는 다시 거제로 내려왔다.

미국 드라마를 너무 많이 본 탓이었을까. 거제의 바다는 꿈이 아니라 현실이었다. 육아에 지쳐 1년에 한두 번 여름 휴가 때나 바다에 들렀다. 서울에 살아도 한강에 잘 가지 않는 것처럼 말이다. 하지만 이 바다는 나에게 많은 의미가 있었다.

어느덧 거제살이 10년 차. 멋모르고 남편을 따라 본래 터전을 뒤로하고 여기까지 왔다. 젊고 빛났던 20대 후반에 거제에 왔었는데, 어느덧 30대 후반이 되었다. 울고 웃고, 아등바등 살다 보니 10년이 금방 지나가버렸다.

하루는 길지만 10년은 참 빨랐다. 처음 거제에 왔을 땐 신혼 생활을 하며 알콩달콩 관광지 놀러 온 듯이 살았다. 그러다 3년 만에 첫째를 갖게 됐다. 기쁨도 컸지만, 두려움은 더 컸다.

'아무도 없는 이곳에서 나 혼자 이 아이를 잘 키울 수 있을까?'

'너무나 부족한 나인데 잘할 수 있을까?'

두려움이 커서 아이를 마냥 귀엽다고만 보지 못하고 부담스러워했던 적도 많다. 하지만 하루하루 버텨나갔고, 하루가 지나면 일상의 무사함에 안도했다. 하루종일 아이와 부대끼며 수없이 아이가 먹을 음식을 만들고, 수없이 설거지를 하며 창밖의 바다 풍경을 마주했다. 그 바다는 나를 후련하게 해주기도 했지만, 한편으론 막막하고 답답하게 만들기도 했다. 이 풍경은 나에게 희망이기도 했고 절망이기도 했던 것이다. 그 시절 거제의 바다는 나에게 낭만의 바다가 아니었다. 파란 눈물이었다.

하지만 육아휴직 후에는 달랐다. 네 식구가 함께 매일 바다에 나갔기 때문이다.

"그만 가자, 이제 밥 먹어야지!"

아이들은 엄마의 목소리는 들리지도 않는지 모래 파기에 심취해있다. 발가락이 모래로 지저분해지고 목과 팔 언저리가 새까맣게 타 티셔츠 자국이 선명해질 때까지 하루 종일 놀았다.

사실 아이들뿐만 아니라 나 역시 잊었던 로망을 한꺼번에 실현하겠다는 듯이 바다를 즐겼다. 매일 캘리포니아 해변을 나가듯 설렁설렁 걸어서 거제의 해변으로 갔다. 한없이 노닐다 어둑해지거나 배가 고프면 돌아왔다.

한때는 그저 멍하니 바라만 보던 바다였다. 하지만 육아휴직 후에는 거제의 바다를 비로소 휴양지로 삼을 수 있었다.

아이들을 핑계로 나가던 바다였지만 나 또한 치유를 해주었던 바다, 이제는 부엌에서만 바라보던 것과 달리 답답하지 않다. 거제에서의 삶이 익숙해져서일까? 남편의 육아휴직 덕분일까? 모르겠다. 이제는 많은 것들에 담담해졌다. 그리고 내 눈에 들어오는 바다 역시 그렇다.

삶이란 그런 것 같다. 익숙해지면 살만해지는, 그러다 다시 힘든 일이 닥치고. 하지만 그 사이에서 무너지지 않고 좋은 것들을 찾아내는 것도 삶이다.

끊임없이 반복되는 그 사이클 속에서 바다는 또 내게 어떤 모습으로 비춰질까? 분명한 것은 나만 달라질 뿐 바다는 늘 거기에 있을 것이라는 사실이다.

아이들에게, 남편에게, 내가 그런 바다가 되기를.

노쇼핑
일지

노쇼핑 계획

어느덧 육아휴직 6개월 차, 꿈같은 시간을 보내고 있었다. 하지만 한편으로는 경제적인 걱정 한 가지가 스멀스멀 올라오기 시작했다.

'우리의 통장은 안전한가?'

미니멀리스트로 전향 후, 사실 딱히 소비를 절제하려고 과하게 노력하지는 않았다. 다만 그간 서울 시댁에서 생활하며 고삐가 좀 풀렸다. 서울은 거제보다 공연, 강연, 아이들과 함께 갈 곳 등이 많아서 소비가 평소보다 늘었기 때문이다.

하기야 10년 동안 거제에서 지내며 누려보지 못했던 생활이었으니 오죽했으랴. 남편의 휴직이 흔한 기회도 아니고,

네 식구 모두 이렇게 함께 추억을 쌓을 시간이 또 언제 오려나 싶어 억지로 돈을 아끼지는 않았다.

멀리 떨어진 탓에 좀처럼 만나기 어려웠던 본가 식구들과의 시간도 자주 가졌다. 그래서 이래저래 돈을 좀 썼다. 후회는 없었다. 대신 다시 고삐를 조일 심산이었다.

야심 찬 계획을 세웠다. 이른바 노쇼핑 계획! 아이들에게 꼭 필요한 것과 생필품을 살 때 이외에는 쇼핑을 하지 않기로 했다. 외식은 물론 당분간은 카페도 '안녕!'하기로 했다. 생필품 재고도 넉넉해서 가능할 것처럼 보였다. 미니멀리스트가 된 이후에도 쇼핑을 끊어보지는 않았기에 내겐 신나는 실험이자 도전이었다.

노쇼핑 첫째 주(2018.8.6~8.12)

첫 주는 역시 버틸 만했다. 아니, 재미있었다.

집에 있는 생필품과 음식의 재고를 파악하기 위해 정리를 시작했다. 여분을 쟁여놓거나 과소비를 하지 않았음에도 언제 또 이렇게 많은 물건이 쌓였나 싶었다.

아이들을 위한 소비도 신중하게 선택했다. 키즈카페나

백화점 문화센터에 가는 대신 바다에 나가거나 인근 수목원, 공원을 찾았다. 뜻밖에도 무료로 즐길 수 있는 시설이 많았다.

아이들이야 무료이든 유료이든 무슨 상관이 있겠는가. 그저 엄마·아빠와 함께 노는 것만으로도 행복해했다. 구태여 돈을 쓰지 않아도 알차게 보내는 법을 또 하나 터득했다.

노쇼핑 둘째 주 (2018.8.13~8.19)

둘째 주에 들어서자 조금은 힘들 것 같다는 생각이 들었다. 관성 탓이라고 해야 할까. 물건을 사고 외식을 하던 습관으로 인해 일종의 쇼핑 금단 현상이 나타나기 시작한 것이다.

개인적으로 TV나 여타 미디어를 자주 접하진 않지만, 우리의 지갑은 기업의 마케팅 공세에 속절없이 무너질 때가 많다는 생각이 들었다. 이른바 '대세'니 '트렌드'니 하는 것들을 거스르기란 쉬운 일이 아니니까.

그래도 지금의 소비자가 예전과 다른 점이 있다면 전혀 모르고 속지는 않는다는 것, 즉 알고도 속아준다는 것일 테다. 나 또한 '호갱'은 벗어났지만, '이 정도는 그냥 속아주자'

라는 마음까지는 벗어던지지 못했다. 금단현상, 무섭다.

하나의 습관이 형성되려면 적어도 21일이라는 시간이 필요하다고 한다. 노쇼핑을 실천한 지 21일, 이제 어느 정도 노쇼핑이 습관이 되어감을 느꼈다.

이전에는 쇼핑몰 사이트에 들어가 최저가를 검색하고 가성비를 확인하며 최적의 물건을 선택하는 과정을 즐겼다면, 이제는 쇼핑 자체를 하지 않으면서 느껴지는 홀가분함을 즐기게 된 것이다. 누군가 대신해서 쇼핑을 해주었으면 좋겠다는 생각까지 들었다. 노쇼핑의 경지에 이른 것일까?

드디어 4주간의 실험을 마쳤다. 가장 큰 성취는 자신감이었다. 쇼핑 없이도 살 수 있다는 자신감 말이다.

쇼핑은 우리 삶의 필수 행위가 아님을 깨달았다.

노후 걱정도 확 줄었다. 생각보다 훨씬 적은 돈으로도 노후를 보낼 수 있음을 확인했기 때문이다. 아이들이 독립하고 나면 정말 간소한 집에서도 충분히 행복한 노년을 보낼 수 있을 것 같다는 기대를 품게 되었다.

그러니 아이들이 자라는 과정에서 들어가야 할 필수적인 돈에만 집중하자.

아이들 책이 왜
이렇게 없어요?

　　　"책 육아 안 해?" "왜 이렇게 애들 책이

없어?"

　우리 집에는 없는 게 많다. 아이들 책도 예외가 아니다.

그래서인지 우리 아이들과 같은 또래 아이를 둔 엄마들이 우

리 집에 오면 꼭 시비 아닌 시비를 건다.

　나도 알고 있다. 언젠가부터 책 육아가 필수가 되었고, 내

또래 엄마들이라면 거실에 서재를 꾸미는 등 아이에게 책을

읽히려고 무던히도 노력한다는 것을.

　하지만 내 기준에서 우리 아이들의 책은 적지 않다. 책을

'적당히' 구비하는 것일 뿐이다. 나의 책 육아가 그처럼 미니

멀하게 변한 데에는 몇 가지 이유가 있다.

첫째, 풍요가 지나친 시대를 사는 우리, 나는 오히려 아이들에게 결핍을 가르쳐주고 싶다.

책은 귀하고 소중한 것이어야 한다. 아이들이 책을 너무 흔하게 접하면 책의 소중함을 간과할 수 있다. 우리나라 최초의 북디자이너인 정병규 선생은 '중학생 때까지 책을 보지 못하게 만들어야 한다'고 말했다. 보고 싶어 미칠 정도가 되어 스스로 책을 구할 때 진정 책을 소중히 여기고 깊이 읽게 될 것이라는 조언이다.

정병규 선생은, 아이들이 어른들 몰래 책을 보며 '책을 마음껏 볼 수 있는 열다섯 살을 기다리며 사노라.' 하는 문구를 일기장에 적길 바랐다. 책 육아의 궁극적인 목표가 아이들 스스로 책을 가까이하며 살기를 바라는 것이라면, 이렇듯 책에 대한 갈망을 키워주는 것도 방법이 될 수 있다고 본다.

둘째, 집에 책이 많다고 해서 아이들이 자연스럽게 책을 좋아하게 되는 것은 아니다. 아이들이 스스로 책을 읽게 하는 가장 좋은 방법은 부모가 책을 읽는 것이다.

어린 시절 우리 집에는 책이 아주 많았다. 물론 아이들

책도 많았지만, 대부분 어른을 위한 책이었다. 아빠가 한창 박사 과정을 준비하고 있었기에 방마다 책이 쌓여있던 장면이 떠오른다.

우리 삼 남매 중 두 명은 책을 좋아하는 사람으로 성장했고 한 명은 책을 거의 읽지 않았다. 우리에게 가장 큰 영향을 주었던 것은 책의 양이 아니라 부모님께서 책을 대하는 모습이었다.

특히 나는 유달리 책을 좋아했다. 아빠가 좋으니 자연스럽게 아빠가 하는 행동도 따라 하고 싶었던 것이다. 책을 좋아하는 아이로 키우는 일은 책의 양에 달려있지 않다. 오히려 그것은 부모와 아이의 관계에 달려있다.

마지막으로 나는 꼭 책을 읽어야 한다고 생각하지 않는다. 책을 읽지 않아도 다양한 통로로 세상과 인생에 대한 이해를 넓힐 수 있다. 그것은 여행이 될 수도, 영화가 될 수도 있다. 각자의 취향에 맞는 방법을 선택하면 그만이다.

책은 만병통치약이 아니다. 책은 다양한 수단 중 하나일 뿐이다. 나는 우리 아이들이 자라면서 스스로 그 수단을 찾기를 바란다. 부모의 책 읽기 강요는 아이를 책으로부터 더 멀어지게 만든다.

　우리 삼남매의 경우를 예로 들어보겠다. 어려서부터 책 읽기를 가장 좋아했던 나보다 성인이 된 후에야 책을 읽기 시작한 둘째 동생의 학벌이 가장 좋다. 여전히 책은 재미없다고 하는 막내가 셋 중 돈을 가장 많이 벌고 있다.

　나는 학벌과 돈을 숭상하지 않는다. 하지만 우리 삼남매의 경우는 책 육아의 정답은 없다는 사례가 될 것 같다.

　현재 우리 아이들은 책을 아주 좋아하지도, 그렇다고 싫어하지도 않는 정도인 것 같다. 책보다는 그저 엄마 · 아빠가 책을 읽어주는 게 좋아서 책을 들고 오는 것 같다.

　우리 부부 또한 아이들에게 책 읽기를 강요하지 않는다. 정답이 없음을 알고 있으니까. 육아의 모든 문제가 그렇듯, 부모의 지나친 욕심이 육아를 망친다. **책 육아도 마찬가지다.**

공유경제의 꽃,
육아

언젠가부터 '공유경제'라는 개념이 급부상하고 있다. 소유를 목적으로 물건을 구입하지 않고, 서로 대여하고 차용해 쓰는 경제 활동을 일컫는 말이다. 이제는 주변에서 공유경제와 관련된 다양한 비즈니스 모델을 볼 수 있을 만큼 친숙해졌다.

나는 공유경제가 미니멀라이프를 영위하거나 미니멀육아를 하는 데 큰 도움이 된다고 생각한다. 어쩌면 공유경제가 가장 꽃을 피우는 분야가 육아 시장이 아닐까 싶기도 하다.

공유경제를 육아와 연결해 생각하게 된 것은 내 경험에서 비롯된다.

나는 서울을 떠나 아무 연고도 없는 거제에서 결혼생활을 시작했다. 신혼 때에는 아무런 문제가 없었다. 남편과 알콩 달콩 사는 것만으로도 즐거웠으니까.

문제는 아이를 낳고 나서부터였다. 또래 엄마들과 어울려 서로 공감하고 위로하는 관계가 필요하게 된 것이다. 외롭고 힘들었지만 나는 놀이터에서 본 아기 엄마들에게 무작정 다가갈 수 있을 정도로 붙임성 좋은 사람이 아니었다. 그러던 차 지역 맘카페에서 '우리 OO띠끼리 친구해요~^^'라는 글을 발견했다. 반가웠다. 역시 엄마들 마음은 다 같았던 것 같다. 댓글을 달고 서로 연락을 하면서 드디어 친구들을 사귀게 되었다.

모임에서 좋았던 것은 뭐니 뭐니 해도 '공감'이었다. 육아고충, 살림 정보, 시댁 이야기를 나누며 스트레스를 풀었고 위로도 많이 받았다. 그런데 그밖에 부수적인 효과도 있었다. 아기들이 모두 비슷한 연령대이다 보니 육아용품을 서로 공유하게 된 것이다.

1월생 아기가 쓰던 용품을 바로 뒤 3월생 아기가 물려받는 등 잠깐 쓰고 버리게 되는 용품들을 공유하니 제법 큰 도움이 되었다. 수유쿠션, 범보의자, 바운서, 모빌 등 사자니 아깝고 없으면 허전했을 것 같은 용품들을 나눠 쓰면서 공유경제가 육아 현장에 참 도움이 되는 것을 체감했다.

특히 나의 경우 둘째를 위한 육아용품이 하나도 없었다. 애당초 가족계획을 세울 때 둘째는 첫째와 터울을 가지고 낳을 생각이어서 첫째가 쓰던 육아용품을 다 팔아버렸기 때문이었다. 하지만 가족계획이 어디 계획대로 되는 일이던가? 연년생 둘째가 들어섰고, 육아용품을 모두 다시 사야 할 판이었다.

'조금만 기다렸다 팔걸.' 하고 후회를 하고 있는데, 다행히 먼저 나서서 육아용품을 빌려주겠다는 친구들이 있었다. 엄마들 사이에 이뤄진 공유경제 덕분에 첫째 때는 써보지도 못한 용품들을 빌려 쓰며 둘째 육아를 풍요롭게 할 수 있었다.

재밌는 에피소드도 있었다. 모임 내 아기들의 생일상 사진이 다 똑같아지는 상황이 연출된 것이다. 우리는 생일상을 꾸미는 데 쓰는 일회성 용품들도 공유했는데, 그러다 보니 모든 아이들의 생일상이 똑같은 풍선과 가렌더로 장식되었기 때문이다. 아이들이 하나둘 생일을 치를 때마다 똑같은 생일상 사진이 카톡 프로필 사진으로 올라와 서로가 한참을

웃었다.

육아를 할 때에는 공유경제를 실천해보자. 어차피 필요한 모든 것을 소유할 필요가 없으니까.

공유경제를 하면 경제적 낭비도 막을 수 있고, 환경적인 면에서도 바람직하다. 물론 없어 보일까 위축되어 타인에게 무엇인가를 빌려달라고 하는 걸 망설이는 엄마들도 있을 것이다. 하지만 그 부탁이 서로의 친화력을 높이는 비결이다.

망설이지 말고 부탁해보자. 부탁을 받은 사람은 오히려 자신이 상대방에게 신뢰를 주었다는 생각에 흔쾌히 마음을 열기 마련이다. 당연하지만, 빌렸으면 적절한 답례를 하는 센스도 잊지 말자. 커피 한 잔이면 된다.

단유,
서운함은 1도 없다

드디어 단유에 성공했다. 단유를 성공한 바로 그날 저녁, 나는 아이들을 재워두고 부엌에 서서 캔 맥주를 땄다. 딱! 캔맥주 뚜껑이 열리는 경쾌한 소리. 맥주는 며칠 전부터 냉장고 깊숙한 곳에 준비되어 있었다. 이 순간을 얼마나 기다렸던가. 곧이어 맥주 한 모금이 내 목을 타고 넘어갔다. 이것으로 나의 4년간의 무알콜 생활은 청산되었다.

'아니, 맥주가 원래 이렇게 맛있었나?'

축하 모임에서 샴페인 한 잔을 마시지 못하고 울었던 일이 떠올랐다. 첫 아이를 낳고 친정식구들이 우리 집에 모였던 때다. 친정식구들은 첫 손주이자 첫 조카의 탄생을 축하하며 아껴둔 샴페인을 여러 병 가지고 왔다. 아빠의 덕담과 함께 다 함께 건배를 했다.

'챙' 하고 부딪히는 샴페인 잔 소리와 동시에 나는 그만 울음을 터뜨리고 말았다. 아이의 출생을 축하해주는 게 기쁘기도 했지만 열 달 동안 품고 낳느라 고생했던, 어쩌면 주인공이 되어도 과하지 않은 나는 정작 샴페인에 입을 대지도 못한다는 사실이 너무 서러웠기 때문이다. 정확히 말하면 축하의 분위기에 젖어들지 못한 채 안방에서 잠든 아이가 왁자지껄한 소리에 깰까봐 온 신경을 곤두세우고 있던 내 자신이 안쓰러워서였다. 출산을 끝으로 축배를 들 수 있으리라 기대한 내 어리석음도 한탄했다.

사실 나는 술을 그다지 좋아하지는 않는다. 하지만 술자리의 분위기를 즐길 줄은 알았다. 애써 술을 찾아 마시지는 않지만 기쁜 순간에 술과 함께 더 기뻐할 줄 아는 사람이었다.

그런 내게 술을 못 마시는 것과 안 마시는 것은 하늘과 땅 차이, 지난 4년간 나는 그 어떤 즐거운 행사에서도 술을 마시지 않았다. 모유 수유와 그로 인한 금주는 전적인 나의 선택이었다. 하지만 때때로 나의 금주는 자발적 선택이 아닌 강요처럼 느껴졌다. 내 선택 속에 '모유 수유가 수유 중에는 최고'라는 사회적 인식이 한몫했던 것도 사실이다.

분유 수유를 하는 친구에게 지나가던 할머니가 '에고, 엄마 젖 놔두고 왜 소젖을 먹이고 있나'라며 혀를 끌끌 차셨다던 이야기를 들었다. 억울해서 울분을 토하듯 이야기하는 친구를 위로하며 '나는 모유가 잘 나와서 다행이다'라는 이상한 안도감과 죄책감을 함께 느끼곤 했다.

어쨌든 출산은 끝이 아니라 시작이었다. 독박육아라는 더 처절한 시간이 기다리고 있었으니까. 너무 힘들어 술 생각이 났던 적이 한두 번이 아니었다. 그럼에도 참았다.

그 시절 나는 모유 수유에 목숨을 걸었던 것 같다. 이제와 돌이켜보면 다행이라는 생각도 든다. 모유 수유라도 하지 않았다면 독박육아에 지쳐 술에 의존하다 알코올중독자가 되었을지도 모르니까. 그 지난한 시간이 끝났다. 단유는 그저 술을 마실 수 있게 되었다는 것보다는 육아의 다음 단계로 접어들었음을 의미했다. 나는 두 아이 모두 공평하게 돌까지만 모유를 주기로 정했다. '나로서의 나'와 '엄마로서의 나'를 고려해볼 때 그 정도가 적당하다고 판단했던 것이다.

물론 나만의 기준일 뿐이었지만, 그보다 덜 먹이면 아이들에게 미안할 것 같았고 더 먹이면 내가 억울할 것 같았다. 그래서 둘째 아이의 돌잔치가 끝난 바로 다음 날 단유에 돌입했다. 다행히 아이도 하루 이틀 울더니 현실을 받아들였다.

먼저 단유를 시도한 주변 아기 엄마 친구들의 이야기를 들어보면 단유의 순간을 기다렸음에도 막상 단유를 하니 엄청 서운했다고 한다. 솔직히 나는 그 정도는 아니었다. 시원섭섭하긴 했지만, 섭섭함보다 시원함이 컸다.

'됐다. 이 정도면 선방한 것이다. 수고했다!'

스스로를 칭찬하며 4년 만에 처음으로 목을 타고 넘어간 맥주는 머리부터 발끝까지 내 몸에 퍼졌다.

'그래, 이 맛이야! 자유의 맛!'

나는
엄마 공주님

언제 클까 싶던 아이들이 많이 자랐다.

첫째 아이는 제법 의젓해졌다. 3살이 된 아이는 나를 '엄마 공주님'이라고 부른다. 아마도 애니메이션 〈뽀롱뽀롱 뽀로로〉의 등장인물 루피가 꿈에서 공주가 되어 즐거워하는 모습을 보고선 '공주님'이라는 말이 기분 좋은 말임을 알게 된 모양이다. 벌써부터 엄마를 기분 좋게 해줄 줄 아는 멋진 꼬마 왕자님이 된 것이다.

육아휴직을 시작했을 때만 해도 기지도 못했던 둘째는 성큼성큼 잘도 걷는다. 시댁에서 지내며 할머니를 가장 많이 따랐다. 덕분에 엄마는 2등, 아빠는 3등으로 밀렸지만 할머니에게 애교를 부리며 귀여움을 독차지하는 모습을 보면 뿌

듯했다. 바로 이런 장면들이 보고 싶어서 육아휴직 후 바로 시댁에 들어갔던 게 아닐까?

아이들은 정말 빠르게 자란다. 홀로 독박육아를 하던 시절에는 아이들이 어서 자라기만을 바랐다. 하루빨리 어린이집에 보낼 날을 기다렸다. 사랑하면서도 도피하고 싶었던 이중성에 하루하루 자라는 아이들이 선사하는 기쁨을 만끽하지도 못했다. 육아휴직은 그 기쁨을 누릴 여유를 갖게 해주었다. 남편의 육아휴직이 없었다면 나는 아이들의 어린 시절을 힘들기만 했던 시절로 기억하게 되었을지도 모른다.

그만큼 독박육아는 엄마의 마음을 망친다. 그 시절 나는 '훗날 거제를 떠나게 되면 다시는 이곳으로 돌아오지 않겠다'고 다짐할 정도로 힘들었다.

독박육아는 육아가 아니다. 그것은 아이와 엄마를 한꺼번에 방치하는 것이다. 방치는 일종의 학대다. 독박육아는 사라져야 할 양육 방식이다.

저,
나쁜 엄마인가요

아침에 밥 안 먹이고 빵 먹였다고

제철과일 안 먹였다고

목욕 좀 건너뛰었다고

새벽에 몇 번씩 깨 젖 달라고 하는

아기한테 짜증 좀 냈다고

참다가 버럭 한 번 했다고

돌도 안 되어 모유수유를 뗐다고

어린이집 빨리 보내고 싶어 했다고

연년생으로 낳은 거 후회 한 번 했다고

다들 가지고 있는 장난감 안 사준다고

문센^(문화센터) 안 간다고

뚜벅이라 버스만 태운다고

TV 한 번 보여줬다고

수면교육 좀 시켰다고

그렇게 애들보다 나 먼저 생각했다고…

나는 나쁜 엄마인가요?

나만 그렇게 생각했을까? 많은 엄마들이 그렇듯 나 역시 아이들을 키우며 여러 가지 알 수 없는 죄책감을 느꼈다. 하지만 엄마도 사람이다. 그럼에도 세상은 엄마들더러 모성애의 힘으로 완벽해지라고 요구한다.

처음부터 엄마인 사람은 없다. 엄마 또한 아이와 함께 배우며 성장한다. 그리고 그 성장은 세상의 통념과 달리 쉽지 않다. 엄마들이 좀 편해져야 한다. 육아에도 미니멀리즘이 필요하다. 그래서 오늘도 나는 다짐한다.

서로 너무 애쓰지 말 것.

조금은 마음을 내려놓을 것.

나의 불안으로 너를 힘들게 하지 말 것.

강요받은 모성애 이전에 나부터 나를 사랑할 것.

적당히 헌신할 것.

육아는 엄마도
키우는 일

나의 내면아이(Inner child, 어린 시절의 경험에서 생겨
나 인생에 지속적으로 영향을 주는 존재)는 상처가 많은 아이였다. 연년생 여
동생과 여섯 살 터울 진 남동생을 둔 나는 어릴 적 엄마의 애
정을 갈구했지만 성공하지 못했다. 결국 나는 엄마의 사랑을
포기했던 것 같다.

성장하며 친구들이 생기고 연애도 하면서 잠시 엄마의
사랑에 대한 결핍을 덮어둘 수 있었다. 하지만 육아와 함께
나의 내면아이도 다시 등장했다.

나는 내 아이들에게는 내가 가진 것과 같은 상처를 주고
싶지 않았다. 그래서 닥치는 대로 육아공부를 했다. 육아서
만 50권 이상을 본 것 같다. 하지만 책의 지침대로 잘 따라

하다가도 실패하기를 반복했다. 더불어 죄책감도 쌓여갔다.

'나는 왜 이렇게 육아가 어렵고 힘들지?'

'나만 이런 것일까?'

'언제까지 이렇게 육아에 부담을 가지고 공부해야 할까?'

의문이 계속되었지만 해결할 시간도 없이 아이들은 자랐고, 다음 단계의 미션들이 나를 기다리고 있었다.

친정엄마의 말처럼 '낳아준 것만으로 감사할 일이지, 특별히 육아라 할 게 뭐가 있느냐'는 마인드가 정녕 정답이었을까? 그래도 엄마처럼 키우고 싶지 않았다. 아이들을 볼 때마다 내 어릴 적 모습이 겹쳐 보였기 때문이다. 결국 나 같은 경험을 주어서는 안 된다는 강박에 더 열심히 육아에 매진했다.

하지만 그럴수록 서운한 감정도 솟구쳤다. 아이였던 시절 나는 받지도 못했던 사랑을 베풀어야 한다고 생각하니 왠지 모르게 억울했던 것이다. 그러나 내 아이들을 내가 먼저 포기할 수는 없었다.

그래서 나를 내려놓기 시작했다. 부족한 엄마라는 사실도 인정했다. 가장 가까운 육아 동반자인 남편에게도 나의 상태를 솔직하게 털어놓았다.

"여보, 나에게는 육아가 자연스럽지 않아. 나에게 육아는 노력해야 하는 것이야. 하지만 열심히 하려고 하면 할수록 점점 더 어려워지고 너무 힘들어."

나의 어린 시절 트라우마와 아픔을 고백하며 육아를 도와 달라고 부탁했다.

육아서도 덮었다. 책은 책일 뿐이었다. 주변의 아기 엄마들도 조금은 멀리했다. 다른 사람의 생각과 비교하지 말고 나와 마주하기 위함이었다.

그때부터 조금씩 육아가 수월해지기 시작했다. 그러자 항상 무기력하던 나에게 작으나마 에너지도 생겼다. 예전 같았으면 그 에너지를 다시 육아에 썼을 테지만, 이젠 그렇게 하지 않았다. 나에게 쓰고자 했다. 아이가 아닌 나 자신을 돌보기 시작했고, 내 아픔과 내가 진정 원하는 것이 무엇인지 직시했다. 현실의 내 아이와 나의 내면아이를 동시에 기르기 시작한 것이다.

지금도 정답을 찾았다고 말할 수 없다. 끝없는 의문의 연속이 육아다. 다만 분명한 것은 나는 아이를 키우는 사람이기도 하지만, 아이와 함께 성장하는 존재임을 깨달았다는 것이다. 내가 아이를 기르고 있지만, 나도 모르는 사이에 아이도 나를 기르고 있었다.

'시간제 엄마로'
사는 법

　　육아휴직 후 몇 달 동안 우리 식구는 주로 밖으로 돌아다녔다. 일주일에 두 번 이상은 한강을 갔고, 매일 집 근처 공원에서 산책을 했다. 삼시 세끼를 늘 함께 먹었다.

　정말이지 우리는 하나였다. 그저 그렇게 뭉쳐서 뒹구는 것만으로도 행복했다. 실없는 웃음이 비실비실 나올 때가 한두 번이 아니었다. 그럼에도 나는 가끔 혼자이고 싶었다. 홀로 외출해서 커피도 마시고 싶었고, 정처 없이 걷고도 싶었다.

　하지만 그럴 수 없었다. 모유 수유 때문이었다. 젖병을 물지 않는 두 아이 덕분에 나는 꼼짝없이 아이들 옆에 붙어있어야만 했다. 그런 내게 단유는 나만의 시간을 갖게 해준 사건 중의 사건이 되었다.

단유 후 비교적 자유롭게 외출을 할 수 있게 된 내가 제일 먼저 찾기 시작한 곳은 바로 '배움'이 있는 곳. 배울 수 있는 곳이면 어디든 찾아갔다. 육아 강의를 비롯해서 재테크, 자기계발, 글쓰기까지 닥치는 대로 배웠다.

배우면 배울수록 배우고 싶은 게 많아졌다. 왜 사람들이 배움의 기회를 찾아다니는지 알 것 같았다. 무엇인가를 듣고 배우면서 비로소 나를 찾아가고 있다는 충만감과 함께 더해지는 지적 갈증이 배움에 더 몰입하게 만든 것이다.

한편으로는 걱정스럽기도 했다. 배움에 대한 만족감이 충족될수록 아이들에게 무심해지고 있는 것은 아닌지 염려가 되었다. 남편이 대신 해준다고 해도 엄마의 부재를 아이들이 어떻게 받아들일지, 이렇게 점점 하고 싶은 게 많아지면 엄마 역할을 제대로 하면서 내 지적 욕구를 감당할 수 있을지 불안했다. 고심이 깊어질 무렵, 한 육아 강의에 패널로 오신 마음 수련 강사님의 말씀이 나에게 영감을 주었다.

강사님의 부인은 늘 바빠서 밤 10시나 11시쯤 퇴근을 한단다. 그럼에도 초등학교 6학년인 따님과 사이가 굉장히 좋다고 하셨다. 나의 부모님은 맞벌이셨다. 나는 그로 인한 결핍을 많이 가지고 있었다. 그랬기에 솔직히 의문이 들었다. 함께할 수 있는 시간이 거의 없는데도 어떻게 그렇게 사이가 좋을 수 있단 말인가. 하지만 곧 의문은 풀렸다.

"제 아내는 퇴근을 하면 씻지도 않고 곧바로 딸 앞에 앉아요, 그러고선 딸의 이야기를 경청하죠. 입을 헤벌리고 진짜 집중해서 듣죠. 그래서 딸도 늦게 끝나는 엄마를 설레는 마음으로 기다린답니다."

강사님의 말에 무릎을 쳤다. 순간, 엄마가 일을 해도 된다는 희망이 솟구쳤다. 공부 잘하려면 공부하는 시간이 아니라 집중력이 더 관건이듯, 양육은 아이와 보내는 시간의 양이 아닌 시간의 질이 관건이었다.

나는 어렸을 때의 잘못된 기억으로 인해 무의식적으로 '엄마가 일을 하면 아이가 불행해진다'는 전제를 받아들인 채 살고 있었다. 그러나 강사님의 이야기를 듣고 나니 엄마가 자신의 꿈을 찾아 살면서도 아이들과도 충분히 행복하게 지낼 수 있다는 자신감이 생겼다.

엄마가 하고자 하는 것을 누르고 많은 시간을 억지로 아이와 함께하는 것보다 단 몇 분을 지내더라도 서로에게 충분히 집중하고 공감하며 소통한다면 그것이 더 나은 결과를 가져올 것이라는 확신이 든 것이다. 오히려 그것이야말로 아이들도, 나도, 남편도 모두 행복할 수 있는 길임을 깨달았다.

내 유년 시절의 상처에서 비롯된 과거에 대한 후회, 그로 인한 미래에 대한 불안 등 잡다한 생각은 나를 현재에 집중하지 못하게 했다. 하지만 걱정했던 그 모든 것들은 대부분 일어나지 않았다.

사실 육아든 그 무엇이든 '지금, 여기'에 집중하면 그것이 아무리 작고 소소한 일일지라도 의미 있는 일이 된다. 매일 하는 머리 감기가 나를 가꾸어주는 시간이 될 수 있고, 매끼 식사시간은 나를 건강하게 해주는 충만한 시간이며, 주말 저녁 온 가족이 모여 나누는 일상적인 대화의 시간은 행복한 에너지를 얻는 시간이 된다.

법정 스님이 말했던가. 산다는 것은 비슷비슷 되풀이되는 날의 연속이지만, 그 안을 유심히 살펴보면 결코 그날이 그날일 수 없다고. 그래서 오늘의 나는 어제의 나가 아니며, 내일의 나는 오늘의 나에서 고스란히 이어지는 것이 아니라고.

그날 이후 나는 내게 주어진 유일한 시간인 현재에 집중하며 살고 있다. 아이와 함께하는 시간에는 아이에게 온 힘을 쏟고, 이렇게 글을 써야 하는 시간에는 아이에 대해 생각하지 않으려고 노력한다. 이 순간에 흠뻑 빠질 때 오늘 하루는 선물 같은 하루가 된다.

육아휴직 가계부
Q&A

 전업주부의 남편이 육아휴직을 하면 수입이 전혀 없는 상태인데 생활비는 어떻게 충당하셨나요?

안녕하세요. 육아휴직을 한 장본인인 저자의 남편입니다. 가계부 관리는 제가 도맡았기에 이 부분에 대한 답은 남편인 제가 하기로 했습니다.

가장 중요한 것은 현재 우리 가족이 생활하는데 필요한 비용이 얼마인지 확인하는 것입니다. 그리고 더 중요한 것은 이 비용 산출 시 최소한의 비용에 대해 고민하고 상의한 후 결정해야 한다는 것입니다.

사실 수입이 전혀 없는 상태로 휴직을 한다는 것은 정말 어렵죠. 그러나 그런 결정을 했다는 것은 삶의 가장 중요한 것을 위해 다른 것을 조금 포기하는 과감한 의지를 가졌다는 뜻이겠지요? 그 과감한 의지를 발휘해서 지출 비용도 가급적 많이 줄여야 합니다.

아무렇지도 않게 소비했던 모든 것들을 돌아보고 가장 필수적으로 필요한 지출 말고는 모두 없애야 금전에 대한 걱정은 줄이고, 조금 더 자유로운 육아휴직 라이프를 누릴 수 있습니다.

저희 가족의 경우 우선 약 5개월 동안의 한 달 기준 지출 비용을 참고한 후 통계를 내었습니다. 그것을 크게 고정비와 변동비로 나누고, 그중에서 줄일 수 있는 사항에 대해 의논을 통해 목표를 결정했습니다. 그런데 세금은 매월 발생하는 것이 아니므로 1년 치를 뽑아야 하고요.

개개인의 차이는 있겠지만, 고정비와 변동비는 크게 아래와 같이 나눌 수 있습니다.

고정비

부채상환 원리금, 임대료, 관리비(수도, 가스, 전기 등), 통신비, 고정 교육비, 보험료, 기부금, 회비, 각종 세금 등.

- 통신비 - 직장을 다닐 때보다는 데이터 사용량이 줄어듦에 따라 좀 더 낮춘 요금제를 선택했습니다.
- 교육비 - 아이들과 좀 더 많은 시간을 보내기 위해 기타 교육비는 최소화합니다.

- 보험료 - 가입 해제 혹은 납부 금액 줄이기를 했습니다. 이에 대해서는 각 보험사에 문의해보시면 됩니다.
- 기부금 - 고정적으로 기부하는 금액이 많더라도 휴직 기간 동안에만은 잠깐 줄이는 것이 좋겠지요.
- 회비 - 육아휴직 기간임을 알리고, 해당 기간 동안 회비를 줄이거나 유예합니다.

변동비

지출을 줄이는 데 가장 메인인 항목들입니다. 식비, 외식비, 의료비, 의류비, 용돈, 교통비, 여가생활비, 경조사비 등.

- 식비 - 변동비 중에서 가장 큰 부분이며, 가장 고민을 많이 해야 하는 부분입니다. 5개월치가 어렵다면 1개월치라도 보면서 줄일 수 있는 부분을 찾아봅니다.
- 외식비 - 확고하게 줄여야 합니다. 삶의 필수 요소가 아니니까요. 저희는 월 5만 원으로 잡았습니다.
- 의류비 - 마음만 먹으면 1년 동안 추가 지출이 없을 수도 있는 부분입니다. 기존의 옷을 활용하면 되니까요. 아이들의 옷은 앞서 언급한 공유경제 시스템이나 중고품 판매 사이트에서 구합니다.
- 여가생활비 - 가족들과 함께 보내기 위해 시작한 휴직인 만큼 어느 정도 여유를 두어야 좋은 추억을 만드는데 도움이

됩니다.

이렇게 최소화된 1년 동안의 지출 비용을 산출하면 우리 가족이 육아휴직 기간 동안 필요한 금액이 산출됩니다. 거기에 육아휴직 지원금 및 육아 지원금과 같은 고정적인 수입을 빼면 생활에 대한 실제 부족 금액이 나옵니다.

저희도 실제로 부족한 금액이 있었고, 결국 모아둔 저축 및 단기적 대출을 통해 충당했습니다.

기존에 발생했던 지출을 줄이자면 정말 뼈를 깎는 고통이 찾아올 수 있습니다. 그리고 소비를 하지 못함으로써 나의 삶이 퇴보한다고 느껴질 수도 있습니다. 하지만 그럴 때마다 내가 이렇게 큰 결정을 하고 실행을 하는 이유를 다시 한 번 생각해보십시오. 그러면 잠깐의 경제적으로 부족한 삶을 충분히 즐기면서 보낼 수 있을 것입니다.

또한, 지출 비용을 확 줄인 삶을 통해 '이렇게 살아갈 수도 있구나'라는 경험이 생기면서 복직 이후에도 절약하는 소비 습관이 지속되어 좀 더 많은 돈을 모을 수 있습니다.

5장

그해 가을,
연모양처를 버리다

현모양처를 꿈꿨던
나의 내면아이

어린 시절 내 꿈은 현모양처였다. 가부장적인 교육을 받아서가 아니다. 맞벌이를 하셨던 부모님 아래에서 자라면서 느꼈던 엄마에 대한 결핍. 그것이 미래의 나를 현모양처로 그려보게 했다.

초등학생 시절에 살았던 집은 아파트 1층이었다. 학교를 마치고 집에 오면 막 점심때가 지난 시간이었음에도 집안은 유난히 어두웠다. 아마도 남향집이 아니었던 것 같다.

무섭고 외로웠다. 동생이 둘이나 있었지만 당시만 해도 내가 살던 지역에는 학교가 부족해 2부제 수업을 했던 탓에 나는 오전반, 바로 아래 여동생은 오후반을 다녔다. 막내는 너무 어려 어린이집에 맡겨졌다. 때문에 집에 오면 나는 늘 혼자였다.

적막한 집안이 쓸쓸하고 무서워 나는 항상 현관문을 열어 놓았다. 그러면 엘리베이터를 타려던 아주머니들이 현관문이 열린 우리 집 앞을 기웃거리다 손수 문을 닫아주고 가셨다. 배려였지만 나는 싫었다. 아주머니들이 엘리베이터를 타고 올라가면 다시 현관문을 열었다.

나는 외로움을 많이 타는 아이였다. 그래서인지 엄마의 부재에서 오는 허전함을 더 크게 느꼈다. 친구 집에 놀러 가면 친구 엄마가 내어주시는 밥과 간식이 참 부러웠다. 맞벌이 부모님 덕에 경제적으로는 여유롭게 자랐지만, 그렇게 마음은 늘 허전했다.

엄마가 퇴근하면서 현관에 들어서자마자 항상 하셨던 말이 있다.

"또 이렇게 어질러놨어?"

그 말을 듣는 순간, 나는 좌불안석 죄인이 되었다. 나를 책망하는 이야기가 바로 뒤에 이어졌기 때문이다. 엄마는 '동생들을 안 챙기고 집을 이 모양으로 만들어놨느냐'로 시작해 '깊은 한숨'으로 말의 끝을 맺었다.

어린 동생들은 마냥 해맑았지만 나는 엄마의 퇴근 시간만 되면 동생들을 다그쳐 치우기 바빴다. 엄마의 미간의 주름을 아직도 잊을 수 없다.

맏이로서 어린 동생들을 돌보아야 하는 것이 버거웠다. 그래서 내 아이에게는 그런 부담을 절대로 주고 싶지 않았다. 내 아이는 동생들에 대한 책임감이나 죄책감 없이 마냥 아이처럼 자라길 바랐다. 그래서 현모양처를 꿈꾸게 되었다.

'안정적으로 돈 버는 남편을 만나 집에서 아이한테 사랑을 듬뿍 주는 엄마가 될 거야!'라고 다짐했다.

꿈은 이루어졌다. 그 대신 나는 나를 잃었다. 육아와 함께 나는 더 이상 이전의 내가 아니었다. 엄마·아내·며느리였다.

물론 아이를 키우는 모든 엄마들이 자신을 잃는 것은 아니다. 하지만 나는 그릇된 육아관 때문에 '나를 지우는 것이 육아의 과정'이라고 생각했다.

결혼 전에는 내 존재를 부르짖지 않아도 나는 나였다. 그러나 결혼 후 달라졌다. 내 존재를 주장하지 않으면 나는 엄마·아내·며느리라는 역할에만 속박되었다. 아줌마가 되면 목소리가 커질 수밖에 없는 이유를 이해하기에 이르렀다.

역설적이게도 나는 꿈을 이루고서야 그 꿈이 내 꿈이 아니었음을 깨달았다. 그저 내 유년의 아픔을 누르고자 현모양처를 꿈으로 삼았던 것이었다.

다행히 나는 아이들을 키우면서 그 아픔을 직시하게 되었다. 내 아이를 사랑하려면 나의 내면아이의 상처를 치유해주어야 한다는 사실도 깨우쳤다. 그래서 많이 울고 많이 이야기했다. 그리고 내면의 그 외롭던 아이를 사랑할 수 있게 되자 비로소 내 아이들도 더 사랑할 수 있게 되었다. 엄마로서의 나도 사랑할 수 있게 되었다. 현모양처가 아닌, 진짜 내 꿈을 꾸는 사람이 될 수 있었다.

실패한 모성애

사실 남편의 육아휴직은 곧 내 모성애의 실패를 인정하는 것과 같았다. 내게 모성애란 '아이를 위해서라면 어떤 어려움도 극복해내는 사랑'이었기 때문이다. 그러나 나는 극복하지 못했다. 내 엄격한 기준에 대어보면 모성애를 가진 엄마는 독박육아를 버텨냈어야 옳다.

물론 나름 열심히 했다. 아이를 가졌을 때는 자연분만이, 아이가 태어났을 때는 모유 수유가 일생일대의 과제인 것처럼 굴었다. 수십 권의 육아서를 읽어가며 아이의 발달 단계에 맞춰 세심하게 신경 쓰며 키웠다. 유명하다는 여러 인터넷 세계의 맘카페를 전전하며 다른 엄마들의 육아와 나의 육아를 견주었다. 무언가 빠진 것이나 뒤처지는 것은 없나 늘 확인해야 마음이 편했다.

나의 육아가 옳은 것임을 의심하지 않았다. 많은 희생과 포기가 모성애를 보여주는 유일한 길이라고 믿었다. 반대로 엄마가 성공지향적이면 아이가 희생된다고 생각했다. 내 어린 시절을 반추하며 엄마가 사회생활에 투자할수록 아이는 불행해질 것이라고 믿었다.

애석하게도 내 육아의 결과는 좋지 않았다. 모성애에 대한 강한 신념은 나로 하여금 아이에게 집착하게 만들었고, 그럴수록 육아는 더 힘들어졌다.

나는 우울해졌다. 아이는 그런 엄마의 얼굴을 보아야 했다. 악순환이었다. 모성애의 끝에서 내가 직면한 것은 엄마로서의 위대한 내 모습이 아니라 불행한 내 모습이었다. 뭔가 한참 잘못되어가고 있었다. 변화가 필요했다.

그러던 와중에 둘째를 임신했다. 둘째를 얻고 나서는 도저히 이전처럼 첫째를 보살펴줄 수 없었다. 항상 먹이던 엄마표 수제 이유식은커녕 입덧 때문에 시판 이유식도 먹이기 힘들었다. 체력이 달려 아이와 놀다 나도 모르게 잠이 들기도 했다. 아이의 견문을 넓혀주기 위해 매일 하던 아이와의 외출도 그만두었다. 목욕도 가끔 건너뛰었다.

　마침내 둘째를 출산했다. 연년생 두 아이의 육아는 극한의 작업이었다. 모성애? 더 이상 고집을 부릴 수 없었다. 나는 깨끗이 포기했다.

　실패를 깨끗하게 인정하고 나니 오히려 마음이 편해졌다. 내게 모성애는 엄마만이 지닌 위대한 속성이 아니라 강박증과 같은 병이었던 것 같다. 이후 나는 더 이상 산후조리원의 동기들에게 육아 관련 질문을 하지 않았다. 육아서도 덮었다. 그리고 남편에게 SOS를 쳤다. SOS에 대한 대답은 남편의 육아휴직으로 돌아왔다. 육아휴직과 함께 나는 새로운 모성애를 찾았다.

　나를 더 사랑하면서 아이와 함께 자라는 엄마가 되기로 했다. 기꺼이 '시간제 엄마'가 될 수 있었던 배경이다. 걱정이 없었던 것은 아니다. 하지만 걱정했던 일은 벌어지지 않았다. 모든 것이 무탈했다. 아이들은 더 행복하게 잘 자랐다.

　엄마가 행복해야 아이도 행복해진다는 진부한 진리에 그간 왜 귀를 닫고 있었을까? 나는 아이들을 더 사랑할 수 있는 엄마가 되었다.

한 명만 아파도
모두가 아파지는
공동체, 가족

'욕망아줌마'로 유명한 박지윤 아나운서는 '욕망티비'라는 유튜브 채널을 운영한다. 그녀는 국내외 가리지 않고 열심히 활동하며 자신의 영역을 넓히고 있고, 그것이 유튜브 영상에 고스란히 담긴다. 거기에 이런 댓글이 달렸다.

'아이들이 불쌍하다.'

'아이들은 누가 보나요?'

거기에 답한 박지윤 아나운서의 댓글이 명답이다.

'딸이 있으시다면 꿈을 갖지 말라고 해주세요. 어차피 아기를 봐야 하니까요.'

속이 시원했다.

박지윤 아나운서가 말한 꿈은 자아와 같다고 생각한다. 어떤 이들에게 일이란 일 이상의 의미가 있다. 그래서 아이를 낳고도 일을 쉽게 포기하지 못하거나, 혹은 포기해야 할 응당한 이유를 찾지 못한다.

나는 어린 시절에 자아가 강한 아이라는 소리를 들었다. 실제로 천성이 그랬다. 학교에서도 자아가 강한 것은 좋은 것이라고 배웠기에 나름 그에 대한 자부심도 있었다. 그런데 결혼 후 아이를 낳자 강한 자아는 모성애 실현에 방해가 되었다. 자연스럽게 나는 모성애를 택했다.

'나보다 더 중요한 것은 아이'라는 단순한 생각으로.

나의 육아는 어떤 점에서 내가 지닌 자아를 지워나가는 일이었다. 자아가 약했다면 더 나았으려나. 자아가 강했던 만큼 그것을 지워내는 것도 힘겨웠다. 그래도 참으며 지워나갔다. 나를 지워야 아이들이, 우리 가족이 행복해질 수 있다고 믿었기 때문이다. 하지만 그 결과 내가 얻었던 것은 행복이 아니라 육아우울증이었다.

'왜 가족은 엄마나 아빠의 희생으로 유지되어야 할까?'

'가족 구성원 모두가 행복할 수는 없을까?'

육아를 하며 줄곧 이 질문을 스스로에게 해왔다.

나를 찾기 시작한 이후 나는 엄마의 일방적 희생이 가족의 행복에 전혀 도움이 되지 않음을 깨달았다. 나와 남편, 아이들은 서로 긴밀하게 연결되어 있는 유기체다. 우리 몸의 어느 한 부분이 아프면 건강한 몸으로 생활할 수 없듯이, 가족도 마찬가지였다. 한 명이라도 아프면 가족은 행복할 수 없다. 엄마도 그저 가족 구성원 중 한 명이다. 엄마는 결코 신이 아니다.

남자와 여자가 만나 가정을 이루고 살아갈 때 가족의 구성원 중 한 사람이 괴로우면 둘 다 괴롭다. 이 둘 사이에 아이가 생기면 그 아이도 괴롭다. 그렇기에 우리는 조금 더 양보하고 이해해야 한다. 하지만 그 양보가 극단적이어서는 안 된다. 남자가, 여자가, 누군가가 잘못했다는 이야기가 아니다. 사회구조적 문제를 이야기하고 싶은 것이다. 우리는 균형을 찾아야 한다.

남자와 여자는 적이 아니다. 운명공동체다.

페미니스트는
아닙니다만

　　나는 사실 페미니즘에 관심이 없다. 난 페미니스트가 아니니까. 하지만 결혼 후 불합리가 나에게 다가오면서 자꾸만 페미니즘에 관심이 갔다. 그 이유의 근원은 억울함이었다.

　　물론 결혼 전에도 여자로서의 불편함을 맞이한 적이 있다. 하지만 그로 인해 억울한 일은 없었다.

　　여고생 때 버스에서 치한을 만났다. 멀쩡하게 생긴 20대 초반 무렵의 남자가 자신의 그 부위를 내 엉덩이에 대고 비벼댔다. 나는 식은땀을 흘렸지만 무섭지는 않았다. 신고할까 말까 망설이다가 귀찮다는 생각에 매섭게 쏘아보고 버스에서 내렸다. 물론 일부러 후미진 정류장이 아닌 대로변의 사람이 많은 정류장을 선택해 내리긴 했다. 나는 그런 행태가 무섭다기보다는 짜증이 났을 뿐이다.

어쨌건 이런 일은 참 흔하다. 똥 밟은 것과 같은 찝찝한 사건이라 굳이 꺼내지 않을 뿐, 여자들끼리 터놓고 이야기하다 보면 모두 이런 경험을 한두 건은 가지고 있는 걸 알게 된다 .

내가 느낀 차별의 본격적인 시작은 아이를 낳은 후였다. 육아를 할 때, 나는 항상 억울했다. 내가 느끼는 억울함은 어디에서 왔을까?

집안일의 분배?

못다한 자아실현?

그런 것은 아니었다. 집안일은 적절하게 분배했었고, 당시 나는 직업에 대한 욕심도 없었다.

나의 억울함의 근원은 신분에 관한 것이었다. 나의 신분은 임신하고 아이를 키우면서 격하되었다.

'아줌마'라는 한없이 만만한 존재

군대 이야기를 하고 싶지 않지만, 군인이 되면 민간인과 다른 기분을 느낀다고 한다. 나는 아줌마가 되고 나서 그것과 비슷한 느낌을 알게 되었다. 나는 이제 더 이상 최현아가 아닌 '그냥 애 엄마'였으니까.

이 '애 엄마'라는 말이 단어 자체는 나쁜 뉘앙스가 전혀 없지만, 애 엄마가 되면 지나가는 할머니도, 소아과 의사도, 옆집 아줌마도 그다지 친절하지 않다.

'아이 춥겠네. 옷을 왜 그렇게 입혔어?'

'애 엄마가 그것도 몰라요?'

'애한테 그렇게 하는 거 아니야.'

아이를 직접 기르는 엄마의 가치관과 육아관은 깡그리 무시한 채, 여러 사람들이 여러 가지 말을 뱉어낸다. 나는 육아를 하기 이전에는 이런 식의 조언을 어디서도 들어본 적이 없다. 아이를 위해서라고 하지만 글쎄.

불특정 다수의 엄마들을 겨냥하는 '맘충이네, 취집이네'라는 말도 엄마와 아이 그리고 양육과 관련된 인터넷 기사 댓글란에서 쉽게 접할 수 있다.

만약 내가 아기띠가 아니라 핸드백을 들고 또각거리는 하이힐을 신었어도 그들이 나를 그렇게 대했을까?

'애 낳은 죄인'이라는 말도 있다. 애를 낳으면 사과할 일이 많아진다는 이야기다. 아이들은 발달과정상 자연스럽게 돌발행동을 한다. 그 덕분에 공공장소에 갈 때마다 주변의 눈치를 보고 항상 죄송하다는 말을 입에 달고 살았다. 하지만 그런 나의 노력이 무색하게 이런 말이 들려온다.

'아이를 데리고 왜 이런 데를 왔어?'

'아이 교육을 잘못시켰네.'

수군거리는 소리, 혹은 그런 의미를 담은 눈빛을 쉽게 접한다. 때론 과하게, 솔직한 사람들에게는 직접적으로 이런 말을 들을 수도 있다. 다행히 애가 커가며 말귀가 트일수록 내 어깨가 다시 펴졌다.

혹자는 '결혼하고 싶으면 하고, 결혼하기 싫으면 말지, 실상을 다 알고서 결혼해놓고 무슨 군소리야?'라는 말을 한다. 이 순수한(?) 물음에 나는 무기력하고 슬퍼진다.

노키즈존과
맘충

거제에 있다가 몇 년 만에 서울에 올라왔으니 맛집도 많이 가고, 핫플레이스라 불리는 곳들도 가보리라 결심했다. 하지만 실상 갈 곳이 별로 없었다.

"자기야, 우리 이번 주말에는 여기 가보는 것 어때?"

"아기 의자는 있어? 노키즈존이 아닌지 확인해봐. 유모차 반입 가능한지도."

우리가 식당이나 카페를 가기 전에 꼭 나누는 대화들이다. 예상외로 노키즈존이 많았다.

아무리 봐도 노키즈존일 필요까지 있을까 싶은 곳도 노키즈존임을 당당하게 표시하고 있었다. 노키즈존 정도는 되어야 '여긴 꼭 가봐야 해!'라는 말이 나오는 장소로 인정받아서

일까?

　이런 현실에서 호텔 커피숍이나 파인 레스토랑 같은 곳은 언감생심이었다. 아이가 조금만 소란스럽게 해도 감내해야 할 눈총이 따가워 아예 갈 생각조차 하지 않았다. 용기를 내어 가봐야 음식이 코로 들어가는지 입으로 들어가는지 모를 판이니 숫제 포기했다.

　정말이지 이런 사회적 분위기는 엄마들을 위축시킨다.

　거제에 있을 때에도 이런 경험이 있었다. 첫째 아이의 경우, 시도 때도 없이 울어대는 아이였는지라 노키즈존은커녕 공공장소에 함께 갈 때도 조심스러웠다. 한창 '맘충'이라는 말이 유행하던 때여서 더 꺼려졌다. 무개념 엄마로 보일까 싶어 아이가 태어난 후 석 달 동안 외출을 하지 않았다. 그 결과, 나는 무개념 엄마가 되는 건 피할 수 있었지만, 대신 눈칫밥을 얻었다.

　공공장소에서 아이의 지나친 행동에 대해 지적하는 것 정도야 당연하다. 하지만 그 이상으로 아이와 엄마를 배척하는 사회 분위기는 분명 문제가 있다. 이런 문화가 문화가 지속된다면 그 어떤 출산 장려 정책도 무효할 것이다.

개인주의 성향이 강한 지금의 세대가 기꺼이 '애 낳은 죄인'이 되면서까지 아이를 낳으려고 할까? 아마도 아이를 낳지 않는 쪽을 선택할 가능성이 크다. 억울함은 생각보다 강한 효과를 발휘한다.

독박육아는
학대다

안타깝게도 내 인생에서 아이들의 영유아 시절, 특히 첫째의 신생아 시절을 이야기해야 하는 것은 큰 아픔을 들춰내는 일이다. 아니, 아픔뿐만 아니라 나의 죄책감과 취약성을 드러내야만 하는 일이다.

그 시절 나는 독박육아를 했고, 독박육아는 나에게 트라우마를 남겼다. 그래서 지금도 나는 아이들과 오롯이 있는 시간이 두렵다. 심지어 그 시절에 집은 더 이상 나에게 안식처가 아니었을 정도니까. 독박육아를 하는 나에게 집은 '아파트 감옥'이었다.

유아가 아닌 성인이라도 상황에 따라 보살핌이 필요하다. 아이가 태어나면 방치하지 않고 항상 보호자가 함께 있어주

듯, 막 출산을 한 산모, 신생아를 키우는 육아맘들도 보호가
필요하다.

그 당시의 나는 평소의 나와는 전혀 달랐다. 그도 그럴 것
이 상상도 할 수 없는 고통을 겪으며 아이를 낳고, 누구의 도
움도 받을 수 없는 곳에서 아이를 키웠으니까 말이다. 정신
적·육체적으로 '이런 차원의 외로움과 고통도 있을 수 있구
나.' 하는 생각이 들 만큼 고립감과 피로를 느꼈다.

판다가 새끼를 낳으면 사육사는 그 즉시 엄마 판다와 새
끼 판다를 분리시킨다고 한다. 엄마 판다가 새끼 판다를 공
격하기 때문이다. 출산하면서 겪은 고통 때문에 새끼 판다를
적으로 인식해서라고 한다. 그만큼 출산은 고통스럽다.

하지만 내가 보기에 '출산은 육아에 비하면 껌'이다. 출산
은 하루면 끝난다. 길어도 이틀 이상을 넘기지 않는다. 물론
그 후 몇 주간의 회복의 기간이 필요하지만, 1년 넘게 제대
로 잠을 이룰 수 없는 육아에 비하면 낫다고 본다.

아직 밑이 아물지 않아 찢어지는 듯한 고통에도 엄마들은
장시간 앉아서 수유를 해야 한다. 아이를 낳기 전까지는 아
이가 젖을 한 번 먹을 때 이렇게 오래 먹는다는 사실을 전혀

몰랐다. 관심조차 없었다는 말이 맞을 것이다.

생각보다 아이들은 긴 시간 젖을 먹는다. 갓 태어난 아이는 엄마젖을 쉽게 빨지 못하기에 오랫동안 젖을 물고 있으며, 소화기관 또한 미숙하기에 엄마가 여러 번 등을 토닥이며 트림을 시켜야 한 번의 수유가 마무리된다. 얼추 1시간여의 수유와 트림 시간이 끝나면 아이는 노곤해한다. 이제는 재울 시간이다.

출산으로 인해 모든 뼈가 늘어진 상태에서도 아이를 어르고 달래 재워야 한다. 수유 1시간, 재우기 1시간. 이렇게 아이와 옥신각신하다 보면 쉴 틈도 없이 어느새 다음 수유 시간이 돌아온다. 보통 신생아들이 젖을 먹는 시간의 간격이 2-3시간 정도이기 때문이다.

독박육아를 하는 엄마들은 아이를 먹이고 재우느라 자신은 먹고 자지 못한다. 생존을 위한 최소한의 잠과 음식을 취할 뿐이다. 하지만 그 모든 것은 당연했다. 아이가 나에게 생명줄을 의지하고 있었기에 나는 나의 고통과 감정을 돌볼 겨를이 없었던 것이다. 심지어 어린아이를 두고 나의 고통을 돌아보는 것은 죄책감마저 들게 했다. 그런데도 미디어는 끊임없이 모성을 강조했고, 둘이든 셋이든 거뜬하게 낳아 키우면서 일도 잘하는 슈퍼맘들을 계속 노출시켰다.

나처럼 '힘든 소리'를 하면 꼭 들려오는 말이 '옛날에는 더했다'이다. 특히 이런 반응은 가까운 가족들과 친지·지인들에게서 돌아오는 경우가 의외로 많다. 그런 대답이라면 차라리 하지 않았으면. 위로는커녕 생존과 육아의 와중에서 허덕이는 독박육아맘을 더 힘들게 할 뿐이니 말이다. 더 힘들게 하는 것이 목적이 아니라면 그냥 아무 말도 하지 말라고 이야기해주고 싶다.

예전 이야기가 나와서 말이지만, 나에게 '예전에는 더했다'고 말하는 사람들이 살았던 시절보다 더 예전인 1434년 4월 26일에 세종대왕은 남편의 육아휴직을 명했다.

"여종이 아이를 배어 낳을 때에 임하거나 산후 100일 안에 있으면 일을 시키지 말라 함은 일찍이 법으로 세웠으나, 그 남편에게는 전연 휴가를 주지 아니하고 그전처럼 하던 일을 계속 하게 하여 산모를 도울 수 없게 되니, 부부가 서로 도우려는 뜻에 어긋날 뿐 아니라, 이 때문에 산모가 혹 목숨을 잃는 일까지 있어 진실로 가엾다 할 것이다. 이제부터는 사역인(使役人, 관청 등에 고용된 사람)의 아내가 아이를 낳으면 그 남편도 만 30일 뒤에 원래 하던 일을 하게 하라."

세종대왕도 그만큼 출산과 양육의 중요성을 인식했던 것이다. 현재의 우리 사회는 이를 알고도 모르는 척하는 것은 아닐까?

미리 말해두건데 내 남편은 정말 좋은 남자다. 연애 시절 나는 그가 미래에 좋은 아빠가 될 거라 직감했고, 그의 그런 모습을 높이 샀다. 그래서 이 남자와 함께하면 미래를 꿈꾸고 아이를 낳아 잘 기를 수 있을 것이라 생각했다.

하지만 내가 간과한 것이 하나 있었다. 그것은 사회적 환경이었다. 즉, 남편의 착함과 나쁨, 집안일과 양육의 기여도는 실제의 양육 상황에서 한계를 가진다는 것이다. 아무리 남편이 착하고, 육아에 적극적일지언정 그가 내 옆에, 내 아이 옆에 존재하지 않으면 아무 소용이 없는 것이다.

물론 나를 보는 그의 안타까워하는 마음이야 높이 사지만, 그 시절 나는 나를 잠시라도 보듬어주고, 잠시라도 밥 한

술 뜰 수 있게 해주고, 화장실 한 번이라도 편하게 갈 수 있게 해줄 사람이 필요했다. 육아의 부담을 나눌 동반자가 필요했던 것이다. 하지만 그는 너무 바빴고, 그런 그에게 어떤 기대도 할 수 없었다. 명절도 없이 일하고, 아침 6시에 나가 밤 11시에나 들어오는 그에게 내가 어떤 말을 할 수 있을까?

나는 조용히 방치되어 갔고, 마음에 미세하게 금이 갔다. 그렇게 마음이 부서져가던 와중에도 내 걱정보다는 이런 엄마의 마음 상태가 아이들에게 미칠 영향이 걱정스러웠기에 아이들에게 미안했다.

상처투성이의 육아를 시작했지만 결국에 우리는 우리만의 탈출구를 찾았다. 비틀어진 세상을 바로잡고 우리만의 판을 새로 짰으니까.

독박육아가 있었기에 전업주부의 남편이 육아휴직을 할 수도 있었고, 전업주부만 생각해왔던 내가 나의 '꿈의 이력서'를 새로 쓸 수 있었다. 돌이켜보면 모든 면이 좋은 일도, 모든 면이 좋지 않은 일도 없다.

고통에서 안주하는 것이 아닌 어떻게든 살려고 발버둥쳤을 때 나는 성장했다. 고통이건 기쁨이건 모든 것이 연결고리가 되어 나를 이끌었다. 하지만 내 이후에 엄마가 되는 후배 엄마들은 그런 고통을 겪지 않았으면 한다. 엄마의 일상, 가족의 일상은 보장되어야 한다.

독박육아는 없어져야 할 육아 형태다.

하루살이
엄마의 생존법

나는 열심히 사는 엄마다. 그래서 나름대로 계획을 짜본다. 1년 계획…, 한 달 계획…, 일주일 계획…, 하루 계획….

'그래, 새벽 기상을 해야지. 나는 원래 아침형 인간이라 수월할 거야.'

'그래, 독서도 30분씩 해보자!'

'그래, 블로그도 1일 1포스팅!'

'그래, 유튜브 동영상도 매일 업로드!'

잘 지키면 뿌듯하고 못 지키면 의기소침해진다. 그렇게 하루하루가 쌓여서 조금씩 성장해나간다. 하지만 가끔 변수도 생긴다.

새벽 기상을 한창 잘해나가던 때였다. 갑자기 둘째가 새벽마다 엄마를 찾기 시작한 것이다. 아직 2살인 둘째는 잘 때도 엄마의 살 부빔이 필요하다. 나도 아이와 살을 맞댈 때 행복하고 기분이 좋다. 하지만 이제 새벽 기상은 날아갔다.

또 어느 날은 첫째가 갑자기 아프다. 아플 때는 엄마 손이 더 필요하다. 아플 때는 뭐든지 들어주는 게 내 육아 방침이라 더욱 그렇다. 그래서 한 달 동안 블로그 포스트 쓰기도 유튜브 영상 업로드도 하지 못했고, 책에도 손을 댈 수 없었다.

처음에는 너무 속상했다. 계획을 지키지 못하는 것도, 아이들을 버거워하는 나 자신에 대해서도 말이다. 하지만 지금은 마음을 바꿔먹었다.

어차피 변수가 많은 애 엄마 인생. 계획대로 살려고 하지 말자. 그냥 하루살이처럼 살자. 하루하루 계획 없이 살아도 그저 주어지는 시간 안에 할 수 있는 일을 하자. 나는 육아도, 내 일도 놓고 싶지 않으니까.

육아우울증
Q&A

Q 원래는 밝은 성격이라는 말을 주로 들어왔는데, 아이를 낳고 난 이후 종종 우울감을 겪고 있습니다. 생전 처음 겪는 감정에 당황스럽기도 하지만, 평소와 다른 제 모습에 걱정할 것 같아 주변에 털어놓지도 못하고 있습니다. 육아우울증을 극복할 방법이 있을까요?

A 저 역시 육아우울증을 겪었습니다. 그 당시 저는 일종의 패배주의에 빠져있었어요. 주변의 아기 엄마들은 나와 달리 척척 육아를 해내는 것처럼 보였고, 나만 못난 것 같았으니까요. 그래서 아이들에게 미안했고, 그 미안함이 나를 더 힘들게 하는 악순환이 계속되었지요.

하지만 블로그와 유튜브를 하면서 생각이 바뀌었습니다. 댓글로 소통하면서 나만 그랬던 게 아니라는 걸 알게 됐으니까요. 더군다나 많은 초보 엄마들이 육아우울증으로 힘들어한다는 현실이 안타깝고 마음이 아팠습니다. 그래서 어떤 조언을 해줄 수 있을지 고심했지요.

보통 육아우울증을 극복하려면 자주 나가고, 잘 먹고, 잘 자고, 운동을 자주 하라고들 이야기합니다. 하지만 실제로 엄마들이 이런 시간을 갖기란 쉽지 않습니다.

그래서 저는 나름대로 실행해보았던 방법들을 말해보고자 합니다.

독박육아에서 탈출하자!

제 경우 완벽주의가 문제였답니다. 혼자서 육아를 완벽하게 할 수 있어야 진정한 엄마이자 어른이라고 생각했지요. 양가 부모님들에게도 아쉬운 말 한마디 하지 않았습니다. 누군가에게 도움을 요청하는 것은 내 스스로를 부족한 엄마로 인정하는 행동이라 생각했으니까요.

하지만 아이는 혼자 키워낼 수 있는 존재가 아니었지요. 육아를 해보니 한 아이를 키우는 데에는 마을 전체가 필요하다는 말이 정말 와닿았습니다.

지금은 확연히 달라졌습니다. 부모님·친척들·친구들 등 가리지 않고 받을 수 있다면 적극적으로 도움을 받습니다. 도우미

이모님의 힘도 빌립니다. 다소 일찍 어린이집에 보내는 것도 좋다고 봅니다.

저는 첫째를 4살까지 품고 있다가 어린이집에 보냈습니다. 아이와 하루 종일 함께 있는 게 버거웠지만, 그것을 인정하기 싫어서였지요.

돌이켜보면 억지로 버티는 게 능사가 아닙니다. 오히려 아이에게 좋지 않을 수도 있습니다. 육아가 정 힘들다면 어린이집도 고려해보세요. 어린이집에서 긴 시간을 보내는 것이 마음에 걸린다면 오전 일과만 보내게 하는 것도 추천합니다. 잠시나마 엄마가 휴식을 취해 에너지를 충전한다면 아이에게도 더 좋으니까요.

긍정적인 마음? 몰입할 것부터 찾자!

가뜩이나 육아 때문에 힘든데, 누군가 긍정적인 마음을 가지라고 말하는 것처럼 꼴 보기 싫을 때도 없을 것입니다.

긍정적인 마음은 앞에서 말한 독박육아 환경에서 벗어난 후에나 가능합니다. 독박육아에서 벗어나지 못하는 상황에서 무조건 긍정적인 마음을 가지라고 말하는 것은 가혹한 조언입니다.

그럼에도 긍정적인 마음을 유지하는 것은 중요하지요. 그렇다면 과연 어떻게 해야 긍정적인 마음을 가질 수 있을까요?

저는 육아 이외에 몰입할 것을 찾으라고 권하고 싶습니다.《육아 말고 뭐라도》라는 책이 있습니다. 그 제목만 보고도 공감하면서 위로받았었지요. 하지만 저 또한 불쑥 도전하지 못했습니다. 육아 이외의 무엇인가에 집중하는 순간 육아에 실패할 것이라는 불안감과 엄마로서의 직무유기라는 생각이 들어서였습니다.

물론 그것은 기우였습니다. 걱정했던 일들은 일어나지 않았으니까요. 오히려 엄마의 욕구가 채워지지 않고서는 제대로 된 육아도 실현할 수 없다는 사실은 4년간의 육아를 통해 얻은 것 중 가장 큰 깨달음입니다.

물론 육아에 쏠 시간도 부족하다고 말할 수 있습니다. 이해는 되지만 제 경험에 비추어 말하자면 잠을 줄여서라도 육아 이외의 것을 할 시간을 만들어야 합니다.

저 역시 지금은 새벽에 일어나 글을 쓰지만, 예전에는 아이들과 함께 12시간씩 꼬박꼬박 자던 사람이었습니다. 그때는 그렇게 자도 피곤했지요.

그러나 지금은 5시간만 자도 충분합니다. 어떻게 이럴 수 있을까요? 우울증으로 인해 부족해진 삶의 의욕은 무조건적인 잠이 아니라 나를 위해 투자한 시간이 충전시켜주는 것이기 때문입니다.

찾아보세요. 육아 말고 뭐든지. 아주 사소할지라도 몰입할 수 있는 것을 찾는다면 육아우울증을 극복할 수 있습니다.

나를 지우지 마세요

'이 결혼이 과연 나와 맞을까?'

결혼을 결정한 후에도 이런 고민을 해본 적이 있을 것입니다. 결혼은 그만큼 큰 결심을 필요로 합니다. 아마도 결혼 전 불안은 사랑하는 배우자에 대한 불안이 아닐 것입니다. 핑크빛 신혼이 지나고 찾아올 삶, 즉 엄마와 아내로 살아가며 점차 내 이름을 지워야 할 미래에 대한 불안일 것입니다.

결혼 후 저 또한 그렇게 살았습니다. 그리고 육아의 시작과 함께 그 변화를 당연하게 수용했습니다. 내가 지워질수록 가족이 행복할 줄 알았으니까요. 하지만 현실은 기대와 달랐지요. 애써 나 자신을 지웠지만, 나는 행복해지지 않았습니다. 내가 행복하지 않으니, 아이들과 남편도 행복하지 않았습니다. 가족은 구성원 한 명의 희생으로 유지될 수 없음을 이로써 깨달았습니다.

이후 저는 가족이란 각자의 행복을 서로 지지해주는 관계임을 인식하고, 잃었던 나 자신을 찾아 나섰습니다. 이런 점에서 육아 우울증을 극복하는 과정은 나 자신을 회복하는 과정이기도 했답니다. 그래야 아이들과 남편도 행복할 수 있기에 모종의 사명감마저 가졌던 것 같습니다. 이런 면에서 엄마들의 자아 찾기는 직무유기가 아닌 의무입니다.

모성을 신성시하지 맙시다. 엄마도 약한 인간일 뿐이랍니다.

혹여나 육아 이외의 활동에 죄책감을 느끼는 엄마들이 있다면 빨리 벗어나시길. 당신은 엄마이기 전에 이미 멋지고 훌륭한 사람입니다. 그러니 얼른 육아우울증에서 벗어나 그 멋진 모습을 아이들에게 보여주세요!

6장
———
그해 겨울,
나와 마주하다

나를 찾게 한
마지막 기회, 육아휴직

.

　　나는 30대 후반에서야 내가 원하는 것이 무엇인지 발견했다. 늦었다고 생각하지 않는다. 내가 원하는 것도 모른 채 움츠렸던 시간에 대해서도 후회하지 않는다. 그 시간이 약이 되어 지금의 내가 있게 된 것임을 깨달았기 때문이다.

　　그처럼 나를 알고 내가 원하는 것을 찾기까지 세 번의 큰 계기가 있었다. 그것은 결혼, 육아, 그리고 남편의 육아휴직이다.

　　결혼 전에는 부모님 품에 쌓여있었다. 그래서였는지 모르지만 간혹 원하는 것이 생겨도 부모님 뜻에 반하지는 않을까 하는 생각이 먼저 들었다.

결혼은 그런 나를 해방시켰다. 이제 부모님 눈치 볼 필요 없이 남편과 모든 것을 상의하면 되었다. 부모님이라는 존재와 달리 남편은 나와 동등한 존재였기에 서로 대화를 통해 의사결정을 할 수 있었기 때문이다. 결혼은 실질적으로 나를 성인으로 만들어주었다.

그러다 아이가 생겼다. 임신 중일 때만 해도 몰랐다. 육아가 그처럼 전쟁 같을 줄은. 육아는 정말 죽을 맛이었다. 아기의 욕구에 모든 것을 맞추다 보니 나는 없었다. 그런데 역설적으로 그런 상황이 나를 돌아보게 하였다.

'나는 어디에 있지?'

나를 잃고 나니 진짜 내가 누구인지, 무엇을 원하는지 알고 싶어졌다. 하지만 상황이 여의치 않았다. 그래서 참고 미뤘다. 이상하게도 억지로 밟고 누를수록 자아가 다시 튀어나왔다. 내가 없어질수록 나를 찾으려는 욕망도 커졌다. 하지만 둘째가 찾아왔다. 육아우울증은 더욱 심해져갔고, 모든 것을 포기해야 하나 싶었다.

남편의 육아휴직이 그런 나를 살렸다. 남편이 보기에도 나를 그대로 방치했다가는 사달이 나겠구나 싶었나 보다. 그

걸 아니까 육아휴직 이야기를 꺼낸 남편이 너무도 고마웠다. 역시 죽으라는 법은 없었다.

육아휴직을 받자마자 냉큼 서울로 왔다. 1년 동안 알차게 아이들과의 시간을 보내면서도, 미래를 위해 내 꿈과 남편의 꿈을 위한 발판을 만들어놓고 싶었다. 그리고 계획했던 일들을 차근차근 현실로 만들어갔다.

김장하다
도망친 며느리

누구나 꿈을 이루고 싶고, 또 성공하고 싶어 한다. 그런데 대부분 어떻게 해야 성공할 수 있는지, 그 방법론에만 집중한다. 내 생각은 달랐다. 목표 없이 혹은 타인이 정해놓은 길을 가는 경주마처럼 마냥 뛸 것이 아니라, 먼저 자신이 정말 무엇을 원하는지 정확히 파악하는 과정이 필요하다고 봤다. 물론 그 과정이 녹록지 않았다.

원하는 것을 파악한다는 일이 다소 여유롭고 감상적으로 보일 수도 있겠지만, 이것은 보이지 않는 꿈을 좇는 것과는 다르다. 이것은 효율성을 위해서 꼭 필요한 과정이다.

성공을 추구하기 전에 자신이 원하는 것이 무엇인지를 파악해야 하는 이유는 좋아하지 않는 일을 하면 결코 성공할 수 없기 때문이다. 좋아하는 일을 하는 사람들만이 자신의 일을 진정 즐기면서 할 수 있고, 힘든 상황과 부딪혀도 견뎌낼 수 있다. 싫어하는 일이나 뜨뜻미지근하게 좋아하는 일을 하는 사람은 성공하기 어렵다.

남편이 육아휴직을 한 이후로 나는 매일 새벽 3시에 일어나 글을 쓰고, 명상을 하고, 운동을 했다. 육아에 지쳐 아침에도 겨우 일어나던 내가 어떻게 새벽 기상을 하게 됐을까? 그것 또한 내가 원하는 바를 정확히 알았기에 할 수 있는 일이다. 내 꿈에 다가가는 시간, 새벽. 하지만 매번 달갑지만은 않았다. 때로는 새벽에 눈을 뜨고 이불 밖으로 나오는 것이 힘에 부쳤다. 포기하고 싶을 때도 많았다. 그럼에도 꾸준히 해나갔던 이유는 그것이 나의 꿈에 어떤 자양분이 될 것인지 분명히 알았기 때문이다.

육아휴직이 끝나갈 무렵의 어느 추운 겨울, 시댁의 김장 날. 그날은 내가 무엇을 가장 원하고, 무엇을 향해 움직여야 하는지 정확하게 확인한 날이었다.

그날 아침에서야 시어머니가 김장을 하신다는 것을 알았다. 고민했다. 내가 세웠던 원래 계획대로 할 것이냐, 김장을 도울 것이냐. 그날은 미리부터 내 꿈을 위한 첫걸음을 시작하는 날로 정해둔 날이었다.

며칠 전부터 다이어리에 빨갛게 동그라미를 그린 후 디데이를 적어놓고 꿈에 대한 계획을 세웠다. 그리고 앞으로는 그 무엇보다 나의 꿈을 우선순위에 두기로 결심했다.

나의 꿈은 작가였다. 아이들 아침을 챙기고 남편에게 아이들을 맡긴 후 매일 오전은 글을 쓰는 나의 꿈 시간으로 만들기로 마음먹었다. 그런데 하필 그 시작이 김장하는 날과 겹칠 줄이야. 하지만 김장이라고 그것을 이길 수 없었다.

안절부절못하던 나는 시어머니께 조심스레 말씀드렸다. 오늘 김장을 도와드리지 못할 것 같다고. 그러고는 곧장 집 근처의 카페로 향했다. 결국 나는 계획을 실행하러 시댁을 박차고 나왔던 것이다.

그냥 눌러앉아 김치를 버무릴 수도 있는 일이었다. 하지만 꿈을 위해 첫발을 내딛는 날부터 그렇게 하고 싶진 않았다. 지금 주춤하면 왠지 패기가 꺾일 것 같아서였다. 그래서 용기를 냈다. 김장은 매년 하겠지만, 내 꿈의 시작은 다시 없을 것이니까.

시부모님은 좋으신 분들이다. 하지만 한국에서 며느리가, 더군다나 전업작가도 아닌 며느리가 김장을 마다하고 글을 쓰러 가겠다고 말하는 것을 받아주시는 것은 시어머니의 입장에서는 쉬운 일이 아니셨으리라. 하지만 나는 그러겠다고 했고, 다행히 승낙을 받았다.

예전의 나라면 하지도 못할 발언을 당당하게 꺼낸 것도 내 꿈을 위해 지금 해야 할 것들이 무엇인지 알았기 때문이다. 과거의 나였다면 고민하지 않고 김장을 도왔을 것이다. 하지만 그날, 나는 이 말로 과거의 나와 결별했다.

"어머니. 저 글 좀 쓰고 올게요. 2시간만 주세요!"

호텔에서
하루 살기

요즘 '해외에서 한 달 살기'가 유행이다. 스페인 한 달 살기, 호주 한 달 살기, 세부 한 달 살기 등. 아직 아이들이 어려서 해외 한 달 살기가 여의치 않은 나는 한 달 살기 대신 호텔에 '하루 살기'를 간다.

나는 호텔이 좋다. 호텔은 내 마음을 느긋하게 만들어준다. 호텔의 조용함과 깔끔함, 그곳에 있는 사람들의 매너가 나에게 편안한 감동을 준다. 그래서 이왕이면 집도 호텔처럼 가꾸려고 노력한다. 쓸모없이 밖으로 나와있는 물건들을 줄이고, 일어나자마자 이부자리도 정리한다. 먼지를 팡팡 털어낸 다음 탁탁 펼쳐서 이불을 다시 깐다. 현관 바닥도 매일 닦아준다. 외출해서 돌아올 때 반질반질한 타일 바닥이

호텔 로비처럼 나를 반겨준다.

이렇게 호텔에서처럼 일상을 꾸미려고 하지만, 아이 엄마에게는 그런 게 그림의 떡인 순간도 종종 다가온다. 아이들의 분주함, 쉴 새 없는 재잘거림, 순식간에 모든 공간의 여백을 초토화시키는 부지런함이 귀엽고 재밌기도 하지만, 가끔 휴식이 필요할 땐 나를 지치게 한다.

그럴 때면 나는 호텔을 찾는다. 물론 자주 찾지는 못한다. 아이들이 엄마의 부재를 느끼는 것도, 혼자 아이를 보아야 하는 남편도 마음에 걸리기 때문이다. 하지만 마라톤과 같은 긴 육아를 수월하게 해나가기 위해선 가끔은 이런 시간이 필요하다.

홀로 육아를 하다 보면 혼자만의 시간이 갈급함을 느낀다. 카페를 간다거나 맛있는 음식을 먹는다거나 쇼핑을 하기보다, 그저 조용하게 잘 정돈된 침대에서 푹 자고 싶은 마음이 든다. 포근하고 안락한 침대에서 아이들이라는 알람 소리 없이 자는 것이 나에게는 최고의 휴식이다.

1년에 한두 번 정도 나는 혼자 호텔에 간다. 비싼 5성급 호텔일 필요는 없다. 간소하면서도 깔끔하고 담백한 호텔이면 족하다. 어차피 나에게 필요한 건 조용한 공간과 깨끗한 침구뿐이니까.

호텔에 도착하면 나는 느리게 샤워를 한다. 머리도 꼼꼼히 말리고 로션도 충분히 발라준다. 마음이 내키면 팩도 한다. 양치질도 촌각을 다투며 하는 아기엄마에게 천천히 씻고 몸을 단장하는 것은 최고의 사치다.

이렇게 아이들과 함께할 때는 채울 수 없는 일상을 채우고 다시 '진짜 일상'으로 돌아간다. 사소한 일상이 채워지고 나서야 비로소 진짜 일상의 가치가 눈에 보인다. 아이들의 웃음도 남편의 실없는 유머도 귀에 들어온다. 이기적인 엄마라고 할지도 모르지만, 이것이 나의 방식이다.

'혹시나' 했던 일은 '역시나' 일어나지 않았다

어느덧 육아휴직의 끝이 다가오고 있었다. 정말 잊지 못할 시간이었다.

만일 육아휴직을 결심하지 않았다면 어땠을까?

휴직을 결정하던 당시, 우리 부부는 기존에 봐왔던 것만 보지 않고 다른 것도 보고 싶었다. 살아내는 삶이 아니라 '살아가는 삶'을 원했다. 다행히 우리는 그 목표를 성취했다.

돌이켜보면 나는 지금껏 살아오면서 내 기준 없이 살아왔다. 사회의 기준과 부모님의 기준을 내 기준이라고 착각했던 것 같다. 육아휴직은 한 번쯤 그 기준을 벗어던지고 진정한 나의 기준을 찾아가는 여정이었다.

우리 부부는 육아휴직을 통해 얻고 싶었던 것을 모두 얻었다. 나와 남편은 미래에 대한 계획을 다시 세웠고, 다시 오지 않을 아이들의 사랑스러운 시절을 충분히 함께 함께했다. 다시 1년 전으로 돌아가더라도 우리 부부는 같은 선택을 할 것이다.

육아휴직을 처음 결심했을 때는 우리도 두려웠다. 그때까지 쌓아둔 모든 것을 잃지 않을까 노심초사했다. 하지만 불안할수록 그 불안의 중심으로 들어가야 안정을 얻을 수 있다고 믿었다. 마치 태풍을 만났을 때 가장 안전한 장소가 태풍의 중심인 것처럼. 그래서 우리는 기꺼이 태풍의 중심으로 들어갔고, 태풍의 움직임에 발을 맞춤으로써 생존할 수 있었다.

이제 우리 부부는 태풍을 피해 다니는 삶을 멈추기로 했다. 예측을 허용하지 않으면서 다가오는 태풍에 대한 막연한 두려움을 품고 현재를 살기보다, 태풍이 오면 그때마다 과감히 태풍의 중심으로 들어가 태풍과 함께 움직일 것이다. 이것이 우리가 육아휴직을 통해 얻은 새로운 사고방식이다.

다시 예전의 일상으로 돌아왔다. 휴직 전 우려했던 일들은 전혀 일어나지 않았다. 왜 걱정을 했을까? 조금 허무했다.

엄마의 자아 찾기
Q&A

 좋아하는 일을 어떻게 찾나요?

A 제 안의 껍질을 깨고 세상 밖으로 나와 책을 내고, 강의를 하며, 미니멀라이프와 글쓰기에 대한 상담을 하고 있습니다.

상담을 하며 만나는 엄마들에게 가장 많이 듣는 질문은 '하고 싶은 일을 어떻게 찾았냐'는 것입니다. 저 역시 그분들처럼 얼마 전까지만 해도 제가 하고 싶은 것이 무엇인지, 제가 원하는 것이 무엇인지 정확히 알지 못했습니다.

제가 저 자신에 대해서 알지 못하니 무언가를 열심히 하고 싶은 동기부여도 이루어지지 않았고, 또 무언가를 시작했더라도 오래가지 못했습니다.

하지만 이렇게 살다가는 '하고 싶은 일을 하며 그것을 추구하는 삶을 살아라.' 같은 지극히 이상적인 조언을 아이들에게 해줄 수가 없을 것만 같아 두려웠습니다.

이대로는 아이들에게 "엄마도 잘 모르겠어. 하지만 세상이 그렇다고 하니 우리도 그렇게 살아야 하지 않을까?"라고 말할 수밖에 없을 것 같아 무서웠습니다.

이렇게 확실한 삶의 지표도 없이 살고 있는데, 엎친 데 덮친 격으로 육아우울증이 찾아왔습니다. 1년 넘게 독박육아를 했으니 당연한 수순이었지요. 매일 무기력했고, 때때로 죽고 싶었습니다. 하지만 주저앉을 수 없었습니다. 엄마였기에 더욱더 제대로 살고 싶었습니다.

제가 하지 못한 것을 아이들에게 강요하고 싶지도 않았어요. 자신의 꿈을 알고, 꿈을 찾고, 꿈을 실행하는 엄마가 되어 아이들에게도 꿈을 꾸라고 일러주고 싶었습니다. 그래서 미니멀라이프를 하며 매일 물건을 비우고 저를 돌아봤답니다. 아이들의 엄마이기도 했지만, 제 인생을 사랑했기에 저 자신을 저버릴 수 없었지요.

고비가 왔지만 포기하지 않고 저를 세울 작은 일부터 시작했습니다. 예를 들면, 작은 서랍을 비우고 정리했지요. 그리고 작은 서랍으로 시작해 조금씩 더 큰 공간으로 비움을 이어나갔습니다. 이렇게 비움을 통한 작은 습관들로 하루의 루틴을 잡았습니다.

그렇게 시작한 작은 시도들이 불안을 잠재워주고, 도전에 용기를 불어넣었습니다. 일상의 기본을 잡고 또 통제까지 할 수 있다는 자신감이 생기자 다시 일어설 힘이 생겼습니다.

미니멀리스트로 5년간을 지내며 끊임없이 스스로에게 질문을 던졌지요. 다음은 제가 했던 질문의 일부입니다.

- 몰입해서 시간 가는 줄도 모르고 하는 일은 무엇입니까?
- 돈을 받지 못해도 꼭 하고 싶은 일은 무엇입니까?
- 절대 실패하지 않는다면 하고 싶은 일은 무엇입니까?
- 마지막까지 버리지 못하는 물건은 무엇입니까?
- 부럽거나 질투가 나는 대상은 누구입니까?

지금도 여전히 저는 매일 새벽에 일어나 저에게 질문을 합니다. 그리고 제가 나아가는 방향이 올바른지 점검합니다. 세상이나 타인의 시선이 아닌 나만의 시선을 유지하기 위해서 꼭 빠지지 않고 행하는 일과입니다. 삶을 가볍게 하여 루틴을 만들고, 매일 자신에게 좋은 질문을 던져보세요. 저는 이것으로 꿈을 찾고, 하고 싶은 일을 찾았습니다.

슬럼프 극복은 어떻게 하는가?에 대해서도 많은 질문이 있어 평소 제가 했던 방법을 설명드리겠습니다.

'현자타임'이라는 말이 있습니다. 줄여서 '현타'라고도 하는데, 네이버 국어사전에도 나오는 말이지요. 그 뜻은 '욕구 충족 후 찾아오는 무념무상(無念無想), 즉 '아무 생각도 하지 않는 시간'입니다. 갑자기 멍해지고, 무기력해지고, '내가 지금 여기서 뭐 하는 거지?' '내가 가는 길이 맞긴 한 건가?' '이게 길이긴 한가?' 같은 질문들이 불쑥불쑥 솟아나는 것. 그것이 현자타임입니다.

몸이 축난 것도 아닌데 기운이 빠지고, 침대에 누워서 인스타그램이나 유튜브만 클릭해대고 있다면 '아, 올 것이 또 찾아왔구나'라고 생각하는 식이죠.

현자타임이 찾아왔을 때 생각을 많이 하면 오히려 좋지 않습니다. 그냥 잠을 충분히 자고, 건강한 음식을 먹어야 합니다. 스트레스 푼답시고 인스턴트나 단 음식을 쌓아놓고 먹거나 과식을 하면 안 그래도 못나 보이는 내 모습이 더 못마땅해집니다. 이런 마음이 들수록 나를 일으켜 좋은 음식과 깊은 숙면을 취해야 현자타임에서 빨리 벗어날 수 있습니다.

이렇게 몸의 컨디션을 잘 맞춰준 다음, 이제는 마음을 잘 다독거려줍니다. 내가 이렇게 힘이 빠지거나 힘이 든다는 것은 그만큼 삶에 대한 열정과 기대가 크다는 뜻이니까요. 항상 사람이 달릴 수만은 없으니, 현자타임이 왔을 때만이라도 잠시 쉬면서 몸과 마음을 정비하는 것이라고 자신을 위로합니다.

현자타임, 슬럼프, 무기력증. 모두 같은 말들이지요? 이런 녀

석들이 찾아왔을 때, 그냥 축 늘어지는 것보다 이렇게 나를, 내 삶을 돌아보고 몸과 마음을 돌보다 보면 더 좋은 방향으로 나아갈 수 있습니다.

전자레인지에 과하게 돌려서 푹 퍼져 접시에 들러붙어버린 인절미 같던 나를 다시 탱탱하게 일으켜 세웠을 때, 그 회복에 따른 기분은 앞으로의 삶을 두렵지 않게 만듭니다. 자신의 감정을 컨트롤할 자신이 생기는 것이지요.

저는 이제 현자타임이 와도 두렵지 않습니다. 그저 잠시 멍했다가 다시 '슥'하고 일어나면 되니까요. 작은 일이건 큰일이건 도전하는 사람에게 오는 증거·표식 같은 것이 현자타임이라는 것을 아니까요. 그리고 그 증거·표식을 잘 살피고 분석하면 나를 의기양양하게 해주는 훈장이 생긴다는 것을 아니까요.

7장
—
다시 봄,
그리고 우리 집

다시 거제?
새로운 거제!

　　육아휴직 기간이 끝나기 한 달 전 다시 거제로 돌아왔다. 육아휴직 기간을 정말 제대로 보내고 싶었는데 계획했던 대로 모든 것이 마무리되어 마음이 놓였다.

　다시 찾은 거제의 집은 예전의 그곳이 아니었다. 무엇보다 내가 바뀌어 있었다. 익숙했던 풍경도 달라 보였다. 아이들이 어지럽힌 집안도 사랑스러워 보였다. 내가 하고 싶은 일을 찾고, 그것에 심취하다 보니 평범한 일상도 아름답게 느껴진 것이리라.

　달랑 트렁크 두 개를 들고 찾았던 서울에서의 생활. 그 사이에 늘어난 짐들을 정리하며, 서울에서 지내며 느꼈던 감정을 돌아보았다. 만족스러웠다. 그 마음을 안고 다시 거제에서의 생활을 시작했다.

늦은 저녁까지 짐 정리를 하다 고개를 드니 문득 창밖의 바다가 눈에 들어왔다. 깊고 푸른 바다를 바라보며 더 단순하게, 홀가분한 삶을 살아야겠다고 다짐을 했다.

육아휴직을 끝내고 다시 시작된 거제에서의 삶은 예전으로의 회귀가 아니었다. 거제의 집은 더 이상 육아우울증으로 허덕이던 그때 그곳일 수 없었다. 새로운 나는, 새로운 이곳으로 이사를 왔다.

육아의 이유

어느 주말, 첫째와 한참 놀이터에서 신나게 놀다 점심때가 되니 출출해지기 시작했다. 김밥이나 먹자 싶어 근처 김밥집에 김밥을 사러 갔다. '근처'라고 하지만 집이 산 위에 있다 보니 한참 내려가야 했다.

"엄마 김밥 사러 갈 건데 같이 갈래? 대신 한참 걸어가야 해. 중간에 힘들다고 떼쓰면 안 된다!"

아이가 걷기에는 다소 먼 거리였지만 야무지게 괜찮다고 하는 아이를 데려가보기로 했다. 가는 길에 자기가 좋아하는 바다가 보이니 아이 얼굴에는 화색이 돌았다. 만날 보는 바다인데도 그렇게나 좋은가 보다.

아이는 오만가지에 참견하며 길을 걷는다. 그러다 멈춰

서기를 여러 번 했다. 풀 한 포기, 벌레 한 마리 그냥 지나치지 않아서다. 민들레 홀씨도 불어보고, 꽃도 만져보고…. 그러니 김밥 사러 가는 길이 멀기만 하다. 시간은 오래 걸렸지만, 몸과 마음을 다해 세상을 느끼는 아이를 보니 엄마인 나도 덩달아 행복해진다.

내려오는 길은 로맨틱 육아였다. 그러나 곧 현실 육아가 펼쳐졌다. 김밥집에 갔더니 주문이 밀려 김밥이 늦어진다고 했다. 근처에 김밥집이 이곳 하나뿐이니 그럴 만도 하다.

어쩌겠나. 바다 보고 살려면 이 정도는 감수할 수밖에. 아이에게 조금 기다리자 말하는 순간 아이의 바지가 축축해진다.

"엄마, 쉬 했어요."

아차, 아이에게 야쿠르트 한 병을 먹였던 게 실수였다. 기저귀 떼는 시기라 아직은 소변 조절이 힘든 아이임을 잠시 잊었던 것이다. 김밥을 사고 되돌아서 언덕을 올라가는 길은 내려올 때의 3배의 시간이 걸렸다. 힘든 오르막인데다 오줌으로 젖은 바지가 찝찝하니 아이가 안아달라고 떼를 썼기 때문이다.

나도 아이를 안고서 뛰어가고만 싶었다. 얼른 집에 들어가 철퍼덕 주저앉고 싶었다. 하지만 떡볶이와 김밥을 들고 있어 손이 모자라 안아줄 수도 없으니 겨우겨우 달래며 집으로 돌아왔다. 역시 육아는 현실이었다.

그래도 즐겁다. 생전 누구에게 애교 부리는 일 없이 우직한 장녀로 자란 내가 떼를 쓰는 아들을 웃겨보려고 재롱잔치를 다 했을 정도이니 말이다. 자식이 뭔지, 이렇게나 나를 변하게 만든다.

아이를 낳고 키우는 일은 정말이지 많은 에너지를 소모시킨다. 여러 가지 기회비용을 치러야 하는 일이니까. 사실 빨리 가려면 혼자 갔다 오면 되었다. 하지만 아들과 함께 갔다 오니 비록 느리지만 행복했다.

육아를 시작한 이래 나는 줄곧 육아의 당위성을 찾으려고 애써왔다. 엄마의 본능이나 책임감이라는 식상한 답변 말고 내 스스로를 납득시킬 만한 이유를 찾고 싶었다. 김밥을 사서 돌아온 날, 나는 깨달았다. 느리지만 아이와 함께 가는 행복감. 그래, 나는 그 맛에 육아를 한다.

어린이집 적응은
엄마 먼저

봄부터 남편은 다시 회사에 출근하기 시작했다. 아이들은 '처음으로' 어린이집에 갔다. 나도 '처음으로' 어머님이라고 불리게 됐다. 아이들에게 어린이집이 처음이듯 나에게도 어린이집은 처음이었다.

아이 둘을 어린이집에 보내게 되면서 아침마다 전쟁이었다. 매일 늘어지게 자던 아이들을 일찍 깨워 씻기고 먹이고 입힌 후, 한 손으로는 첫째의 손을 잡고 나머지 손으로는 둘째를 태운 유모차를 밀면서 어린이집으로 향했다.

"어머님, 2주 동안은 적응기간이니 아이들과 함께 등원해 주세요."

첫 주는 두 시간만 어린이집에서 지내고 집으로 돌아왔

다. 첫째가 있는 반과 둘째가 있는 반을 왔다 갔다 동분서주
하며 아이들을 살피고 놀아주다 보니 눈 깜짝할 새 두 시간
이 지나갔다. 아이들은 피곤했는지 집에 돌아와 점심을 먹고
바로 잠이 들었다. 자는 아이들이 보고 있으면 괜스레 안쓰
러웠다.

　아이들을 재우고, 나도 한숨 돌리려고 누우니 허리가 아
팠다. 정신없이 움직일 때는 몰랐는데 분주함이 물러나니 통
증이 밀려왔다. 둘째 낳고 생긴 산후통증이 참 오래도 간다.
허리만 말썽이 아니었다. 감기를 심하게 앓으면서 코를 자주
풀어서 그랬는지 코가 헐어 피가 났다. 하지만 어린이집 적
응기간을 지내느라 피부과에 갈 시간도 없었다. 엄마라는 사
람이 튼튼하게 떡 버티고 있어야 아이들이 잘 적응을 할 텐
데 하필 지금 아프다. 결국 허리통증이 심해져 적응기간 중
이틀은 어린이집에 가지 못했다. 이틀간 앓으면서도 고민했
다. 몸이 아프면 생각이 많아진다.

　'어린이집을 보내기엔 아직 이른 게 아닐까…?'

　'내가 너무 독했나?'

　'첫째야 37개월 꽉 찬 나이지만 아직 20개월이 채 안 된

둘째는 잘 적응할 수 있을까?'

일은 하고 싶었기에 아직은 좀 이른 나이의 둘째마저 어린이집에 보냈다. 먼저 어린이집을 보낸 선배 엄마들에게 엄마가 흔들리지 말아야 아이도 잘 적응한다는 조언을 들었다. 하지만 하루에도 몇 번씩 내 마음은 요동을 쳤다.

'지금이라도 등원을 포기하겠다고 어린이집에 전화해야 할까?'

아이들도 아이들이지만 어린이집을 보내는 일은 사실 엄마인 나에게도 적응이 필요했다. 마음적응 준비가 말이다.

우왕좌왕했던 내 마음과 달리 시간은 빠르게 흘러 어느덧 적응기간이 끝났다. 적응기간을 마친 후 아이들끼리 어린이집에 정식 등원을 시작했다. 제 몸보다 훨씬 큰 가방을 대롱대롱 메고 엄마 곁을 떠나는 아이들의 뒷모습. 그 모습을 오래 보고 있으면 영영 어린이집에 등원시키지 못할 것 같았다. 아이들이 들어가고 어린이집 문이 닫히면 뒤도 돌아보지 않고 부리나케 집으로 발걸음을 옮겼다.

'나도 참 유난이다. 어린이집 적응하는데 참 오래도 걸린다. 애들보다 더 하네. 더 해.'

집으로 돌아오는 길에는 짠한 마음과 함께 종종 걸음 치는 내 모습이 재밌어 헛웃음이 나왔다.

아이들이 정식 등원을 시작하자 내 일상에도 큰 변화가 생겼다. 그중 가장 큰 변화는 '홀로 밥을 먹는다는 것'이었다.

'이럴 수가, 내가 먹고 싶은 것을 마음대로 느긋하게 차려 먹는 날이 오다니!'

식은 밥에 김치찌개였지만 행복했다. 아이들에게 미안했지만, 혼자 밥을 차리고 한술을 뜨는 순간 그동안의 고민은 순식간에 사라졌다.

'그래, 보내길 잘했어!'

밥을 먹으며 아이들의 적응기간을 돌이켜보았다. 새로운 환경에 노출되어 있던 만큼 나와 아이들 모두 피로감을 느꼈다. 낯선 곳에서 아이들이 겪을 스트레스를 대신해주고 싶었다. 하지만 아이들이 어린이집에 적응하며 겪어야 할 갈등은 온전히 아이들의 몫이다. 아무리 엄마라고 해도 내가 대신해줄 수 없다. 그것은 아이들의 성장을 막는 일이기도 하다.

사실 아이들의 적응보다는 내 마음이 문제였다. 내 아이들을 다른 아이들과 비교하는 마음 말이다. 어린이집에 함께 있으니, 나는 은연중에 내 아이들을 다른 아이들과 비교하고 있었다. 아이들이 또래보다 뒤떨어지거나 동떨어진 행동을 하면 바로 눈에 들어왔다. 반대로 다른 친구들보다 조금만 잘해도 나도 모르게 우쭐해졌다. 그러다 보니 아이들을 다그치기도 했다.

"곧 어린이집 가는데 아직 기저귀를 하면 선생님이 힘드실 거야!"

"친구들도 혼자 먹잖아. 스스로 먹어야지!"

그렇지 않아도 스트레스를 받았을 아이들을 다그치다니. 또래 집단에 잘 적응시키려는 마음이었지만 집에서 자유롭게 살던 아이들은 당황했을 것이다.

나는 그날 이후로 '아이는 부족하다'라는 인식과 '아이를 성장시키는 것이 나의 의무'라는 생각을 벗어던졌다. 대신 스스로 성장할 아이들을 느긋하게 기다려주기로 했다. 타인이 나를, 우리 아이들을 어떻게 인식하느냐에 흔들리지 않았다. 어린이집은 지금까지 내가 아이를 어떻게 키웠는지 평가받는 곳이 아니라 내가 혼자서 하기 벅찬 육아를 분담해주며 나를 도와주는 곳이었다.

엄마가 혼자서 소용돌이 속을 걸으며 적응기간을 보내고 있을 때, 아이들은 걱정했던 것보다 훨씬 잘 적응했다. 어쩌면 엄마인 나보다 더. 역시 믿음이 답이라는 결론이 나왔다.

아이는 엄마의 성적표가 아니다. 밖에서 욕먹는 아이를 만들지 않으려고 부모에게 욕먹는 아이를 만들지는 말자.

뭣이
중헌디!

　　아이들이 어린이집에 익숙해지고, 봄을
무사히 지났을 무렵 갑자기 첫째 아이가 아팠다. 병원에 가
서 진찰을 받아보니 폐렴이었다. 의사는 입원을 권유했지만
둘째를 돌봐줄 사람이 없어 통원치료를 하기로 했다. 며칠
전 수족구에 걸렸던 둘째가 겨우 좀 낫는가 싶더니, 이어지
는 첫째의 병치레에 나도 모르게 한숨이 나왔다.

　'휴, 하필 이때….'

　일을 시작한 지 얼마 지나지 않은 터라 많은 업무가 밀려
있었다. 유튜브에 올릴 동영상도 찍어야 하고, 원고도 써야
하고, 프로젝트 때문에 서울도 가야 하고, 프로필 촬영도 해
야 했다.

한숨이 나왔지만 동시에 들었던 생각.

'지금 뭣이 중헌디!'

일도 일이지만 엄마 역할 또한 포기하지 않겠다고 했던 나 아닌가. 밀려드는 일과 육아의 고단함에 내가 엄마임을 잊었다.

거제로 돌아온 후 나는 브레이크가 고장난 차처럼 폭주했다. 아무것도 하지 않아 아무일도 일어나지 않던 세상에서 살던 때가 언제인데, 블로그에, 유튜브에, 상담에, 책 출간에, 방송 출연까지. 끊임없이 일어나는 새로운 일에 한편으로는 소리를 지르고 싶을 만큼 좋았지만, 그 이면에는 아이들에게 소홀해지고 있는 내가 있었다. 잠을 더 줄여봤지만, 손오공처럼 분신술을 쓰지 못하는 한 2가지 역할을 모두 완벽히 소화해낼 수는 없었다.

한동안 글도 쓰지 않고 상담도 줄이면서 엄마 역할에만 충실하려고 했다. 하루종일 아이들과 침대에서 뒹굴거렸고, 새벽 기상도 잠시 중단한 채 아이들과 함께 잠도 실컷 잤다. 그제야 알았다. 내가 아이들의 살 냄새와 감촉을 느긋한 마음으로 느낀 지 제법 오래되었음을.

육아와 동시에 자아를 찾아가는 건 참 쉽지 않다. 물론 힘들어도 엄마로만 살던 때로 돌아가고 싶지는 않다. 내 자신부터 행복해야 하니까. 하지만 엄마의 사랑과 손길이 한창 필요한 아이들의 행복도 저버릴 순 없다.

도리가 없다. 다 안고 가는 수밖에…. 나든 아이들이든 어느 한쪽을 버린다고 해서 행복해지는 것은 아니니까.

아이들이 아파도 도움 하나 청할 수 없는 거제 생활을 다시 시작하면서 결국 내가 더 강해져야 했다. 누구를 원망할 것 없다는 걸 깨우쳤으니까. 예전 같으면 원망부터 했겠지만, 그렇게 해도 변하는 것은 없었다.

육아우울증으로 인해 죽고 싶다는 생각을 하면서 살았던 시간도 버텼는데, 내 일도 있고 전보다 덜 바쁜 남편도 있는 지금의 시기를 이겨내지 못할 이유가 없었다. 그렇게 나와 우리 아이들은 함께 성장해갔다.

부부 관계

Q&A

Q 저희 부부는 의견의 일치를 보지 못해 육아휴직을 하지 못하고 있습니다. 저는 육아휴직을 원하나, 남편의 반대가 심합니다. 육아휴직에 대한 합의점을 어떻게 찾으셨나요?

A 저희 부부 역시 의견 충돌이 잦습니다. 다른 환경에서 나고 자란 사람들이 만났으니 당연한 것이지요. 내 속으로 낳아 키운 자식도 나와 다른데, 배우자가 나와 다른 의견을 갖는 것은 어찌보면 당연한 일입니다. 각자의 생각과 가치관, 문화에서 접점을 찾는 것은 결혼생활 내내 시도해야 하는 과제일지도 모릅니다.

다만, 저희 부부가 의견의 일치를 보는 게 있으니, 바로 '누군가가 희생하지 않는 삶'입니다. 이는 부부 관계뿐만 아니라 아이들을 양육할 때도 저희가 중요하게 생각하는 가치입니다.

내가 하지 못하는 것을 상대방에게 강요하지 않기, 서로의 큰 희생이 필요하거나 억지로 해야 하는 일은 하지 않기, 미안한 마음은 갖되 죄책감은 갖지 않기, 특별함이 틀린 것이 되지 않도록 서로 소신을 가지고서 바라보기, 서로의 짐 덜어주기, 모두 다 맞추거나 모두 다 맞춰달라고 종용하지 않기. 이렇게 다소 추상적일 수도 있는 가치들을 자주 나누며 삶의 방향을 맞춰 나가는 편입니다.

육아휴직에 관한 것도 서로의 의견을 고집하기보다는 육아휴직 후 예측 가능한 여러 가지 상황에 대해 진행할 수 있었습니다. 그래서 육아휴직 기간도 알차게 보낼 수 있었고요. 그리고 '남편과 아내의 역할에 대해 사회적 편견 끼워 넣지 않기'라는 새로운 사고방식도 추가할 수 있었습니다.

그러니 부부간에 육아휴직에 대한 장단점을 적어보며 의견을 나누는 것을 추천합니다.

8장

디지털 노마드족,
꿈을 이루다

아줌마
티 내지 마세요!

        아이들을 어린이 집에 보내고 점차 사회로 복귀하는 연습을 시작했다. 그 과정에서 참 많은 사람들을 만났다. 간혹 어떤 이들은 나더러 '애 엄마 티 내지 말라'는 조언을 했다.

  "내가 딸 같아서 조언 하나 할게요. 다음부터는 아이가 아프거나, 집안에 일이 있어도 티 내지 마세요. '무조건 오케이' 해야 해요!"

  살짝 화도 났지만, 그것보다는 서글펐다. 나는 분명 엄마다. 엄마가 꿈을 찾아간다는 이유만으로 아이는 없는 것처럼 살라니, 엄마의 사회생활이 그래야만 한다는 현실이 슬펐다.

  그래도 좋게 생각하기로 했다. 아무래도 아이가 있으면

일의 생산성이 떨어질 수 있기에 우려와 격려를 동시에 보낸 것이라 여기기로 한 것이다.

그럼에도 내 머릿속에는 질문이 떠나지 않았다.

'엄마의 자아실현과 육아는 양립 불가한 것일까?'

'성공과 좋은 엄마는 동시에 성취할 수 없는 목표일까?'

'일을 선택하면 나쁜 엄마가 되고, 육아를 선택하면 무능한 사람이 되는 것일까?'

사회의 문을 다시 두드리면서 결국 나 또한 좋은 엄마이기를 포기해야 하는 것인지 불안했다. 숱한 고민 끝에 내 나름 결론을 내렸다. 둘 다 포기하지 않기로 했다. 시대가 달라졌다고 보았기 때문이다.

예전처럼 젊어서부터 차곡차곡 커리어를 쌓아가는 길만이 성공의 길이 아니다.

그래서 조금 늦더라도, 시간이 걸리더라도 아이와 함께 내길을 가기로 마음 먹었다. 애 엄마 티 팍팍 내면서 말이다.

《그 많던 싱아는 누가 다 먹었을까》를 쓰신 박완서 선생님도 나이 마흔에야 소설을 쓰기 시작했잖은가. 또 모지스 할머니나 박막례 할머니는 어떤가.

아이를 키우면서 늦게라도 나의 커리어를 시작할 수 있다. 아이와 함께 가지 않고 얻는 성공은 결코 행복한 성공이 아니다. 육아의 시간은 성공의 과정에서 낭비되는 시간이 아니다. 그래서 난 성공과 육아 둘 다 포기하지 않겠다!

커피값
아끼지 맙시다

　　　　　남편이 육아휴직을 한 후 나는 블로그에
글을 쓰기 시작했다. 내 생각을 글로 표현하고 그것에 대해
댓글과 공감으로 소통하는 것이 즐거웠다. 블로그는 점차 나
의 삶의 일부가 되어 갔다. 전업주부의 글이다 보니 엄마들
의 호응이 많았고, 다양한 생각도 주고받을 수 있었다.

　가장 안타까웠던 것은 엄마들이 잠시라도 혼자 있을 수
있는 시간과 장소가 부족하다는 현실이었다. 사람은 누구나
혼자만의 시간이 필요하다. 하지만 우리 엄마들에게 그것은
사치인 게 사실이다. 나 또한 그랬다. 거제에 살 때는 집 근
처에 카페도 하나 없어 잠시나마 집을 탈출할 길이 없었다.

　남편의 육아휴직 후 서울에 있는 시댁에서 지내며 가장 반

가웠던 것 중 하나가 시댁 근처에 카페가 많다는 사실이었다. 그래서 혼자만의 시간이 허락될 때마다 카페에 가기 시작했다. 단 1시간이라도 그렇게 나만의 시간을 보내고 나면 에너지가 충전되어 아이들과도 더 씩씩하게 놀아줄 수 있었다.

블로그 운영 중 이벤트를 진행했던 것도 그래서였다. 이름하여 〈커피값 아끼지 맙시다!〉라는 이벤트. 댓글로 따스한 응원과 사연을 남겨준 분들 중 매달 5~10명을 선정하여 커피 쿠폰을 보내주는 이벤트였다.

사실 부담이 없는 금액은 아니었다. 하지만 한 번도 아깝다는 생각이 들지 않았다. 바로 그분들을 통해 내 마음이 풍요로워졌기 때문이다. 그래서 내가 그랬던 것처럼 이벤트에 참여하시는 분들도 커피 한 잔의 여유로 에너지를 충전하기를 바랐다.

이벤트는 좋은 인연으로 이어졌다. 온라인 만남이 오프라인 만남으로까지 번져 가까운 친구와 같은 사이가 되기도 했다. 사실 나는 온라인에서 맺은 인연에 대해 부정적인 시선을 가지고 있었다. 하지만 이벤트 후 생각이 달라졌다. 온라인이야말로 가치관이 비슷한 사람들과 교류하기 쉬운 곳이었다.

《아들 셋 엄마의 돈 되는 독서》의 김유라 작가는 5년 전부터 블로그를 통해 매달 책 나눔을 한다. 본인은 도서관에서 책을 빌려 읽으면서도 블로그 이웃들에게 새 책을 구입하여 선물하는 것이다.

나 또한 블로그를 운영하며 매달 이웃들에게 커피를 선물하면서 그 의미를 알게 되었다. 누군가에게는 작은 모니터 속 공간일 뿐인 온라인의 세계, 하지만 그곳에서 만난 인연들과의 나눔이 내 인생을 변화시켰다.

자아 찾기를 위한 수련, 블로그 1일 1포스팅 하기

'매일매일 블로그에 제대로 된 글을 올리겠어!'

내 꿈은 작가였다. 하지만 생각만으로 작가가 될 수는 없었다. 지금 당장 책을 내기도 어려웠다. 내 안에 하고 싶은 이야기가 많이 있지만, 그에 대한 근거가 하나도 없지 않은가? 어떤 출판사가 그런 나의 책을 내주겠는가?

하지만 나에게는 온라인 세계가 있었다. 온라인 세계 속 나만의 플랫폼에 나만의 취향과 가치관이 담긴 글을 표현해 보기로 했다.

'적어도 내 블로그를 방문하여 내 글을 읽는 사람들에게 시간 낭비는 하지 않게 하자!'

'블로그로 전자책을 제공한다고 생각하고 포스팅을 정성스럽게 하자!'라는 다짐을 새기며 글을 썼다. 정보를 주는 글, 위로해주는 글, 혹은 공감을 할 만한 글 등 방문자들이 적어도 이 3가지 중 1가지는 얻을 수 있도록 하자고 결심했다.

요즘에는 '블로그에 1일 1포스팅' 하는 사람들이 많다. 나 역시 육아휴직 후 나를 찾고자 꾸준히 1일 1포스팅을 했다. 물론 처음에는 쉽지 않았다. 포스팅 하나 하는 데 생각보다 많은 시간이 필요했으니까. 컴퓨터를 하루종일 붙잡고 있기도 했다.

하지만 공 들이는 시간보다 더 문제였던 건 뭘 써야 할지 모를 때였다. 여행이나 명절 때에도 블로그에 올릴 글을 쓸 생각에 사로잡혔을 때에는 압박감도 느꼈다.

그래도 역시 사람은 적응의 동물이다. 블로그 글쓰기를 시작한 지 한 달쯤 되자 나의 시선이 많이 바뀌는 것을 느꼈다. 그냥 흘려보내던 인물·사물·사건 등이 모두 글감으로 받아들여지기 시작했다.

그런 현상이 나타나자 글을 쓰는 게 한결 수월해지고 즐거워졌다. 생활 속 모든 것들이 글로 남아 쌓이는 것을 보며 일상의 모든 것이 소중하게 여겨졌다. 진작 1일 1포스팅을 했어야 한다며 몇 달 동안 시간 가는 줄 모르고 글을 썼다. 그 성과로 블로그를 시작한 지 석 달 만에 출간 계약을 하게 됐다. 내 이름이 저자로 박힌 내 책이 나오게 된 것이다.

많은 엄마들이 1일 1포스팅에 도전해보았으면 한다. 내 주변에도 1일 1포스팅이 인생의 큰 전환점이 되었다는 분들이 많다.

하지만 유의해야 할 것도 있다. 1일 1포스팅은 '수단'일 뿐 그 자체가 '목적'이 되어서는 안 된다. 1일 1포스팅은 매일 해야 하는 '미션'을 수행함으로써 글쓰기 근육을 키우고 자존감을 높여가는, 일종의 수행이다. 물론 1일 1포스팅을 하면 블로그의 품질을 높여주지만, 그러려고 1일 1포스팅 하는 것은 목적과 수단이 뒤바뀐 행위다.

때문에 1일 1포스팅 하면서 본래의 목적을 어느 정도 성취했다면 조금 쉬어가며 다른 목표를 그려보는 시간도 가졌으면 한다. 1일 1포스팅이 일종의 '업무'가 된다면 블로그 글쓰기가 즐겁지 않게 될 수 있으니 말이다.

1일 1포스팅은 나를 성찰하는 수행 방법 중 하나일 뿐이다. 하지만 묵묵히 수행을 해나가다 보면 의외의 결과들이 나타난다. 블로그의 1일 1포스팅이 있었기에 나도 책 출간, 개인 상담, 강의, 방송 출연이라는 많은 기회를 얻을 수 있었으니까.

유튜브는
'엄마 유튜버'를
환영한다

　　　블로그를 하며 어느덧 온라인상 인맥도
넓어졌다. 열심히 활동하는 블로그 이웃들을 보며 자극도 많
이 받았다. 어느 이웃이 이렇게 말했다.

　'요즘은 유튜브가 대세예요!'

　블로그도 어렵게 마음먹고 시작한 나는 유튜브는 더욱
생소했다. 글도 어렵게 시작했는데 영상촬영이라니 엄두가
나지 않았다. 하지만 호기심이 생겼다. 남들이 한다는 '디지
털 노마드' 나라고 못할 게 뭔가?라는 생각이 들었다. 그때
까지만 해도 유튜브를 하면 '디지털 노마드'가 되는 건 줄만
알았다.

　그렇게 무모하게 시작한 유튜브.

'컴알못^(컴퓨터를 알지 못하는 사람)인 내가 유튜브 영상을?'

처음부터 난관이었다. 영상을 찍어 편집하고 업로드를 하기까지 아날로그형 인간인 내겐 무엇 하나 쉬운 게 없었다. 화면에 떡하니 내가 등장하는 영상을 틀어놓고 편집을 위해 다시 보는 것마저도 곤혹스러웠다. 심지어 오글거리기까지 했다. 남 앞에 서는 게 두려워 강의를 들으러 가도 궁금한 점 하나 손들고 질문하지 못한 채 돌아오는 소심쟁이가 어쩌다 여기까지 왔을까?

동시에 오기도 생겼다. 유튜브를 기존에 내가 살던 알을 깨고 나올 기회로 삼기로 마음을 먹은 것이다. 항상 시작만 하고 '끝을 제대로 맺지 못했던' 나였다. 언젠가부터 그런 스스로의 모습에 실망해 어떤 시도조차 하지 않았다. 그런 나를 바꾸고 싶었다. 그래서 욕심을 더 냈다. 블로그처럼 유튜브도 '1일 1영상'을 올려보자는 다부진 계획을 세웠다.

하지만 유튜브는 블로그와 달랐다. 블로그야 카페에서든 후미진 골방에서든 노트북 하나만 있으면 가볍게 해나갈 수 있었지만, 촬영공간을 확보해야 하는 유튜브는 시작부터가 모험이었다. 아이들 노는 소리 때문에 촬영이 중단

되기 일쑤였고, 호기심이 한창인 나이의 아이들이 카메라
며 조명을 가만 놔두지 않아 계속 재촬영을 반복해야 했다.

결국 난 새벽 촬영을 선택했다. 하루 종일 아이들을 돌보
아야만 하는 내 여건상 어쩔 수 없는 선택이었다. 꼭두새벽
부터 일어나 화장하고 머리를 고대기로 말며 분주하게 움
직이는 내 모습이 때론 우습기도 했다.

하지만 멈추지 않았다. 그렇게 우여곡절 끝에 요란하
게 시작한 유튜브를 지금까지 이어오고 있다. 매주 2~3개
의 영상을 업로드했다. 구독자도 제법 모여 3,000명이 넘
었다. 1년 동안 쉽지 않았다. 때려치우고 싶을 때도 많았다.
그런데도 나는 주변 엄마들에게 유튜브를 하라고 '강추!'를
날리며 부추긴다. 때로는 버겁기도 한 유튜브 활동을 엄마
들에게 추천하는 이유에는 여러 가지가 있다.

블로그 시대에서 유튜브 시대로

블로그 초창기였던 10여 년 전쯤 블로그를 잠시 운영했
던 적이 있다. 맛집 위주로 포스팅을 잠깐 하다 접었다. 몇
번 해보니 쉽지 않아 이후로는 콘텐츠 생산자가 아닌 소비자

의 입장에서 블로그를 즐겼다.

그렇게 10년이 지나는 동안 다양한 블로거들이 성장하는 모습을 지켜보았다. 나와 비슷한 시기에 시작했던 블로거들이 많이 달라져 있었다.

예전에는 엉성하게 글을 쓰던 블로거들도 이제는 수준급 포스트를 쓴다. 블로그를 사업으로 확장한 사람, 블로그 내용으로 베스트셀러 작가가 된 사람도 많아졌다. 그 모습을 보며 나 또한 단념하지 않고 블로그를 계속 해왔다면 어땠을까 하는 후회도 생겼다. 하지만 그들은 계속했고 나는 포기했지 않은가. 그런 후회는 다시 하고 싶지 않았다.

블로그는 아무래도 텍스트 위주의 아날로그 감성이 다분한 매체라면, 유튜브는 모바일 시대에 적합한 디지털 감성을 담아낼 수 있는 매체다. 블로그는 결국 텍스트를 읽어내야 하는 고된(?) 과정을 요구하지만, 유튜브는 그런 수고로움 없이 그저 동영상 위의 '재생' 표시만 누르면 누구나 콘텐츠를 즐길 수 있다. 독해력이 떨어지는 초등학생부터 노안이와 글을 읽는 게 힘든 노인분까지, 유튜브를 애용하는 사람은 점차 늘어날 것이다. 그래서 유튜브는 성장 잠재력이 높은 매체다.

　유명 유튜버인 〈대도서관〉이 말했듯이, 특히나 주부들에게는 여전히 개척 가능성이 있는 블루오션이다. 주부들의 주요 콘텐츠인 요리나 살림은 유튜브에서 다루기에 아주 적합하다. 그러니 여전히 블로그에 머무르고 있는 주부 블로거들도 앞으로는 유튜버가 될 것이 분명하다.

더 친근한 스킨십이 가능하다

　블로그로 1일 1포스팅 하면서 나는 나 자신을 솔직히 드러내고 블로그 이웃들과 소통하려고 했다. 유튜브도 같은 기대를 가지고서 시작했다. 쑥스러움을 많이 타는 내가 유튜브에 과감히 도전했던 이유는, 유튜브가 블로그보다 더 친근하게 소통할 수 있는 매체라고 보아서였다.

　유튜브에서는 아무래도 나를 더 직접적으로 드러내게 된다. 내 표정과 몸짓 하나하나가 그대로 노출되는 것이다. 그렇기 때문에 부담이 컸던 것도 사실이었다. 하지만 용기를 내어 모든 것을 오픈하자 마음이 편해졌다.

　블로그보다 반응도 즉각적이어서 좋았다. 조회수 또한 한 영상당 5만을 넘기는 경우도 많았다. 나는 영상보다 글이 편한 세대여서 블로그에 더 많은 공을 들이고 있었기에 깜짝 놀랐다. 다른 나라의 방문자가 댓글을 남겨주는 것도 신기했다.

한번은 육아우울증을 겪었던 이야기를 솔직하게 공개했던 때였다. 카메라 앞에서 이야기를 하면서 힘들었던 시절이 떠올라 나도 모르게 울컥해버리고 말았다. 그 모습이 그대로 시청자들에게 전달되면서 많은 위로와 공감을 받았다.

유튜브의 힘은 이런 점에 있는 것 같다. 내 슬픔을 구태여 글로 쓰지 않아도 직접 감성으로 공유할 수 있다는 것 말이다. 어쩌면 아등바등하는 삶 속에서 자신의 꿈을 찾으려는 엄마들에게는 유튜브야말로 블로그보다 더 적절한 매체가 될 수 있다.

나를 가꾸는 시간

유튜브를 권하는 또 하나의 이유는 엄마들이 자신을 가꾸는 시간을 갖게 되기 때문이다. 유튜브는 아무래도 자신의 외모를 드러내야 하다 보니 촬영 전부터 다소 신경을 써야 한다.

사실 엄마들은 아이들을 돌보느라 정작 자신은 세수조차 못할 때도 많다. 특별한 외출이 아닌 이상 비비크림만 대충 바르고 나가는 게 다반사다.

유튜브를 하게 되면 풀메이크업은 아니더라도 깔끔한 모습으로 단장을 하게 된다. 얼굴이 부으면 안 되니 야식도 자제하게 되고, 립스틱 하나를 바르더라도 예쁘게 보이도록 바르려고 노력하게 된다.

처음에는 귀찮다는 마음에 '이렇게까지 해가며 촬영을 해야 하나' 싶기도 했다. 하지만 시간이 지나자 그처럼 나를 가꾸는 시간이 일종의 힐링의 시간이 되었다. 유튜브에 올릴 동영상을 촬영하는 시간은 잠시나마 엄마에서 벗어나 나를 나일 수 있게 해주었으니까 말이다. 유튜브는 육아로 인해 어느 순간 흐트러진 나에게 다시 긴장감을 불어넣어주기까지 했다.

나는 현재 미니멀라이프를 주제로 유튜브 채널을 운영하고 있다. 유튜브를 막 시작했을 때에는 어색하기 그지없었다. 하지만 누구나 처음에는 다 어설프다. 유튜브를 시작해

보고는 싶은데 얼굴과 사생활 노출, 영상 편집 등이 걱정스러운가? 그런 염려는 내려두자. 일단 시작해보는 것이다. 시작해보고 '아님 말면' 되니까.

출판사에
까이다

　　　블로그에 글이 어느 정도 쌓이자 내 글
을 종이책으로 만들면 참 좋겠다는 마음이 간절해졌다. 온라
인 세계에 글을 올리고 교류를 하는 것 또한 큰 기쁨과 만족
을 주었지만, 예쁘게 제작된 나의 책을 실물로 만난다면 정
말 기분이 짜릿할 것만 같았다. 내 글이 출판시장에서 어떻
게 받아들여질지도 궁금했다.

　그래서 원고를 기획했다. 며칠 밤을 새워 기획서를 작성
하고 출판사에 투고용 이메일을 보냈다. 그리고 보기 좋게
출판사에 까였다.

　"내가 성급했을까?"

　"나는 아직 멀었나?"

"내가 글을 써도 되는 것일까?"

별의별 생각이 다 들었다. 일도 손에 잡히질 않고 팬시리 마음이 들쑥날쑥할 정도로 불안했다. 괜한 것들에 내 감정이 투사되어 엄한 곳에 부러움·질투·불평이 터져 나왔다. 그렇다고 주저앉을 수는 없었다.

이럴 땐 어떻게 해야 할까? 슬럼프와 변수를 극복하는 나만의 방법을 공개한다.

잠시 슬퍼한다

인간이니까. 거절에 슬픈 마음이 드는 것은 당연하다. 까이고도 아무렇지도 않으면 로봇이다. 내가 로봇 같은 인간이었다면 글 같은 것을 쓸 생각도 하지 않았을 거다.

나는 슬퍼할 권리가 있다. 하지만 그런 감정에 휩싸이고 싶진 않다. 어쨌거나 끝까지 쓰고 끝까지 투고할 거니까. 그러니 오래 슬퍼할 수는 없다. 게다가 더 좋은 일이 생길 것도 알기 때문에 길게 슬퍼할 필요가 없다. 잠깐 묵념하고 다시 고개를 들면 된다.

내가 한 도전이 위에서 보시기에는 시기나 상황이 맞지

않았던 거다. 나에게 딱 맞는 그런 때에 더 좋은 것이 '척'하니 오리라고 나는 믿었다.

물론 이 믿음이 이뤄져서 이 책이 나오게 되었다!

판을 바꿀지 생각해본다

부정적 피드백은 나를 점검해볼 기회다. 내가 어떤 것을 바꾸는 게 상황에 유리할지 생각해본다. 만약 계속 부정적 기운을 느낀다면 내 안의 톱니바퀴들이 어긋났다는 의미다. 자신의 여러 면을 면밀하게 검토해보고 수정하자.

차선의 액션 플랜을 짠다

성공한 사업가들은 도전하는 것마다 이루어내는 것 같고 거침없어 보이지만, 그들은 이미 리스크에 대한 대비를 충분히 하고 있기에 안정적으로 보이는 것뿐이다.

나 역시 큰 도전을 했지만, 다음 대비책을 마련해놓았다. 대학 원서를 넣을 때, 안정적으로 가·나·다 군에 배치하는 것처럼. 가 군에서 까였으니 나 군으로 가면 된다.

살다 보면 '까일 때'가 많다. 20대에는 그럴 때마다 좌절해서 남자친구한테 전화해 울고, 친구랑 술 마시며 풀었었다. 하지만 이 나이가 되니 그럴 시간도 체력도 없다. 그리고 무엇보다 그렇게 해도 아무것도 해결되지 않고 변화되지도 않는다는 것을 깨달았다.

어차피 인생은 까여도 계속된다. 이왕이면 40대에는 안 까이고 싶지만, 그때에는 까여도 당당하게 까이고 싶다!

엄마의
시간 관리

처음 내 일을 시작했을 때만 해도 의욕만큼이나 에너지도 넘쳤다. 그래서 이것저것 할 수 있는 모든 일을 끌어모아 해치웠다. 주부로만 지내다 내 일을 갖게 되니 신이 나서 3시간만 자고도 거뜬하게 다 해냈다.

하지만 사람인지라 시간이 지나자 처음의 기세가 꺾여갔다. 체력도 정신력도 모두 고갈되어 기운이 빠졌다. 아이들에게도 소홀했던 것은 아닌지 마음이 쓰였다.

길게 가야 한다는 생각이 들었다. 내가 좋아하는 일을 찾았고, 평생 이 일을 할 게 아닌가. 그렇다면 긴 호흡으로 일을 할 필요가 있었다. 처음에만 고삐 풀린 망아지처럼 달리

다가 나중에는 걷지도 못할 지경이 되면 안 되니까. 그래서 찾아낸 방법은? 하루에 3가지 일만 하자!

하루에 할 일의 양을 제한하고 나니 확실히 에너지 관리가 잘되었다. 아이들도 충분히 챙기면서 내 일도 해낼 수 있게 된 것이다.

욕심이 앞서 계획만 거창하게 세워놓으면 결국 스트레스만 받고 엄마 역할에도 소홀해지기 쉽다. 일을 '많이' 하는 것보다 일을 '계속' 하는 것이 중요하다.

새벽 시간 활용하기

나는 주로 새벽 3시에서 6시 사이에 일을 한다. 그 외의 시간에는 아이들이 깨어있어 아무것도 할 수 없다. 아이들은 끊임없이 엄마에게 무언가를 요구하거나 관심받기를 원한다. 어차피 일을 해도 집중하지 못할 바에야 아이들이 깨어 있는 시간에는 온전히 아이들에게만 집중하는 것이 좋다고 생각한다. 아이들과 함께 있을 때는 스마트폰도 멀찌감치 두고 아이들에게 몰입한다. 대신 새벽 시간은 누구에게도 방해받지 않고 일하려고 노력한다. 아이들 케어도 새벽에는 남편에게 맡긴다.

새벽 기상을 시작한 지 얼마 되지 않았을 때만 해도 새로운 수면 리듬에 적응하지 못해 힘들기도 했다. 시도 때도 없이 졸음이 밀려와 아이들에게 동화책을 읽어주다 졸기도 하고, 아이들이 놀이에 집중하는 틈을 타 쪽잠을 자기도 했다. 이제는 익숙해져 어디에서 잠을 자든 새벽에 눈을 뜬다.

갑자기 새벽 기상을 하려면 쉽지 않다. 새벽에 일찍 일어나려면 일찍 자는 것이 관건인데 처음에는 일찍 잠자리에 누워도 잠이 오질 않는다. 수면 리듬을 바꾸는 데에는 저녁을 가볍게 먹고 조명을 어둡게 해두는게 좋다. 그러면 저녁 8시 정도만 되어도 졸음이 밀려온다. 그때 잠이 들면 새벽 3시에 일어나도 수면 부족을 느끼지 않는다.

육아를 시간 낭비라고 생각하지 않기

솔직히 내 일을 하다 보면 가끔 아이 돌보는 게 버거울 때가 있다. 해야 할 일은 산적해 있는데, 아이들이 자꾸 엄마를 찾다 보니 그 소리에 짜증이 난다. 그래서 '빨리 좀 커라' 같은 생각도 든다.

하지만 지나고 나면 아이를 키우며 곱씹었던 생각들이 결국 글의 소재가 되었음을 떠올리게 된다. 어떻게든 좋은 육아를 해보자고 노력했던 분투 과정 자체가 나를 업그레이드시켜준 것이다.

그러니 육아를 절대 소홀히 하지 말자. 아이와 함께했던 모든 것이 나의 콘텐츠이자 성장의 원동력이 된다.

나는 아직 젊다고 생각하기

나는 아직 젊다고 생각하자. 100세 시대, 살아갈 날이 아직 한참 남았지 않는가.

나이가 들었다고 생각하면 조급해진다. 뭔가 단시간 내에 빨리 이뤄야 할 것 같다. 그러니 여유를 갖자. 아이가 커갈수록 시간도 점점 내 편이 되어줄 테니까.

나는 실제로 항상 '현재 나이 — 10살'이라 생각하며 산다.

죄책감 느끼지 않기

엄마라는 존재는 어느 순간에도 나보다 아이를, 남편을 생각하도록 머릿속에 입력된 존재인 것 같다. 그래서인지 많은 엄마들이 오롯이 자신만을 위한 행동을 할 때 죄책감을 느낀다. 나 또한 그렇다.

그럴 때마다 스스로에게 질문한다. 지금 당장 죽는다면 누구를 위해 시간을 쓰겠는가? 나는 나를 위해 시간을 쓰고 싶다. 그것이 죄라고 낙인찍을 사람은 없을 것이다.

죄책감에서 벗어나자. 엄마도 사람이다.

주부들이 SNS를
해야 하는
7가지 이유

주변의 아기를 가진 친구들이 자신을 잃은 것 같다고, 우울증에 걸릴 것 같다고 토로할 때가 있다. 그럴 때면 나는 블로그나 페이스북·인스타그램·유튜브 같은 SNS를 해보라고 권하곤 한다.

SNS를 일상만 올리는 용도로 쓸 것이 아니라 자신이 좋아하는 것을 찾아 일관된 콘텐츠를 글이나 사진, 영상 등으로 제작하여 올려보라고 권한다. 조금 생뚱맞게 느껴질지도 모른다. 우울한데 웬 SNS?

이렇게 추천하는 이유는 다음과 같다.

첫째, SNS는 '본능'이다.

인간은 기록의 본능을 가지고 있다. 그렇기에 글이 없던 선사시대에도 그림이나 형상 같은 것으로 기록을 했다. 아마도 기록을 하였기에 인간이 계속 진화 · 발전해왔을지도 모른다.

인간은 창작의 본능 또한 가지고 있는데, SNS는 이러한 본능을 충족시켜 준다.

불현듯 떠오른 생각들을 자신만의 글로 풀어내거나, 무심코 지나칠 수 있는 일상을 사진으로 남기거나, 혹은 그 2가지를 융합하여 영상으로 만들 수도 있다. 이는 인간으로서의 창작 욕구와 기록 욕구를 동시에 충족시켜주면서 자신의 생각과 일상에 가치도 더하는 일이 된다.

'나는 SNS에 올릴 만한 특별한 것이 없는데.' 하는 엄마들도 있다. 당연하다. 연예인이나 인플루언서가 아닌 이상 모두 평범하고 비슷한 일상이다. 하지만 그것이 매일 지속적으로 이루어질 때 그것은 특별한 것이 된다.

둘째, SNS는 '도전'이다.

내 생각을 SNS로 알리는 것은 대단한 용기가 필요한 일이다. 물론 SNS를 하지 않아도 크게 잘못될 것은 없다. 나 역시 불과 1년 전만 해도 그 어떤 SNS 활동도 하지 않았던 사람이다.

하지만 내 생각을 혼자 지니지 않고 그것을 여러 가지 방법으로 풀어내어 공개했을 때, 내 생각은 좀 더 진해지고 확고해지며 분명해졌다. 공개하기 위해서는 다시 한 번 나의 이야기를 정리해야 하고, 타인에게 설명할 수 있어야 하기에 정제하는 과정을 거치는데, 그 과정을 통해 내 생각의 근거와 그에 대한 확신이 생긴다. 나 또한 SNS에 공개적으로 기록하기 전과 후의 삶을 비교했더니, 공개 후 내 삶의 색깔이 더욱 분명해졌음을 알 수 있었다.

셋째, SNS는 '기회'이다.

요즘 한창 뜨고 있는 SNS 매체인 유튜브를 예로 들겠다.

유튜브에서 활동하는 '유튜버'들이 자주 하는 말이 있다.

'뭐가 터질지 모른다.'

이 말은 어떤 주제로 어떻게 찍은 영상이 조회수 대박이 날지 아무도 모르니 어쨌든 다양한 영상을 자주 올리라는 이야기다.

물론 계획적으로 올린 영상이 큰 조회수를 올리는 편이지만, 대부분 유튜버들은 얼떨결에 올린 영상이 대박 났고, 그것으로 인해 많은 기회를 얻었다고 이야기한다. 이렇듯 광고수입, 수많은 협찬과 행사 지원, 여러 영향력 있는 사람들과의 만남 등을 SNS를 통해 이루어낼 수 있다.

박막례 할머니가 구글 CEO를 만나게 될 줄 누가 알았을까? '보람튜브'가 세계적인 유튜버가 될 줄 누가 알았을까? 주부 유튜버이자 '짠테크 유튜버'로 활약하는 아바라TV(닉네임 아바라)를 보라. 전업주부로 시작해 웬만한 월급의 수입을 내는 유튜버로 성장했다. 그녀는 매일 집밥을 차리는 일상과 가계부를 업로드하며 주부들에게 친근한 이미지로 많은 공감을 얻고 있다.

넷째, SNS는 '인맥'이다.

주부들은 인맥을 관리하기가 어렵다. 항상 아이들에게 매어있어 지인에게 전화 한 통 돌리기 어려운 주부들이 어떻게 인맥 관리에 신경 쓸 수 있을까?

유명 유튜버인 신사임당은 유튜브를 통해 자신이 이전까

지 만나기 어렵다고 생각했던 인물들을 만날 기회를 얻었다고 이야기한다. 《아들 셋 엄마의 돈 되는 독서》의 저자 김유라 작가 역시 아이 셋을 키우며 SNS로 인맥 관리를 했다고 한다. 좋아하는 작가들의 SNS에 들어가 거기 올라온 모든 글을 읽고서 댓글을 남겼고, 아이들이 어느 정도 자란 후 그 작가들을 만날 여유와 기회가 생겼을 때 자신이 그때까지 했던 댓글 활동을 기반으로 인맥을 만들 수 있었다는 것이다.

이렇듯 시간과 장소의 제약이 있는 주부들에게 SNS야말로 최고의 인맥 관리 도구다. 자신이 닮고 싶거나 존경하는 사람을 SNS를 통해 '이웃 맺기'를 하고 꾸준히 소통한다면 그것은 큰 기회를 가져다줄 것이다.

다섯째, SNS는 '이력서'다.

유튜버이자 매년 10억 원의 매출을 올리는 자수성가 청년으로 유명한 자청(그의 닉네임이자 '자수성가 청년'의 줄임말). 그는 젊은 나이에 여러 사업체를 가진 어엿한 대표다. 그는 자신이 하는 사업에 관해 블로그에 상세히 기록해놓았다. 그렇게 함으로써 그것을 보고 찾아온 고객들이 자신의 기업에 신뢰를 가지고 방문하니, 자청은 자신의 기업에 대해 설명하느라 시간 낭비를 할 필요가 없다고 한다. 즉, 영업을 따로 할 경우에 드는 시간과 비용이 확실히 줄어든다는 의미다. 어찌 보면 이제 SNS는 이력서 정도가 아니라 '인터넷 세계에서 나를 홍보하는 명함'인 셈이다.

여섯째, SNS는 '퍼스널 브랜딩'이다.

네이버 블로그에서 파워블로거가 한참 유명세를 떨치던 시절부터 유튜브가 대세인 지금까지 계속해서 지켜 봐온 파워블로거들이 있다. 신혼 생활을 시작할 무렵, 결혼 정보를 찾아보다가 알게 된 블로거들이니 어느새 10년을 꾸준히 봐온 셈이다.

그들의 시작은 다양했다. 인테리어 블로거, 요리 블로거, 맛집 블로거, 패션 블로거, 뷰티 블로거 등. 하지만 지금은 대부분 비슷한 모습이다. 그들은 어느새 어엿한 사업체의 대표들이 되어 자신의 분야에서 큰 활약을 하고 있다.

그들이 이렇게 목표한 바를 이룬 비결은 무엇일까?

나는 그것이 SNS를 통한 '퍼스널 브랜딩', 즉 자신의 독자적인 브랜드를 형성했기 때문이라고 생각한다. 시작이 어떠했든 일관된 이야기를 꾸준히 하며 다양한 활동으로 그것을 증명해온 것이다. 그 덕분에 그들의 사업은 여전히 탄탄하게 진행되고 있다.

일곱째, SNS는 '적금'이다.

꼭 특정한 주제를 정하여 나 자신을 브랜딩 하지 않더라도, 지금 하고 싶은 것이 분명치 않더라도 자신의 관심사나 생각을 꾸준하게 기록하고 알리는 게 좋다. 그것은 후일 자신이 하고 싶은 일을 찾은 후 자신을 알려야 할 상황이 왔을 때 분명 큰 도움이 된다.

물론 SNS를 하는 게 결코 쉽지는 않다. 주부들은 SNS를 할 새가 없을 정도로 바쁘기도 하거니와, 무심코 타인의 SNS를 보고 나면 묘하게 기분 나쁘고 찝찝한 기분이 들기 때문이다.

특히 인스타그램 같은 사진 위주의 플랫폼은 사진을 슬쩍슬쩍 넘기며 보다 보면 1시간이 훌쩍 지나가버린다. 신선들이 바둑 두는 걸 보는 재미에 도끼 자루 썩는 줄도 몰랐다는 나무꾼의 이야기처럼 말이다. SNS가 행복 수치를 낮추고 정서적 허기를 느끼게 한다는 연구 결과도 있다. 그래서 나는 SNS에 할애하는 시간을 일정하게 정해놓고, 그것을 유지하려고 노력한다.

예를 들면, 블로그에 글을 올리는 것은 주로 새벽에 이루어지고, 카카오톡 답장은 점심시간을 활용한다. 유튜브 영상 업로드는 저녁 시간을 이용하는 편이다.

가끔 주말에는 일부러 스마트폰을 놓고 나가기도 한다. 거의 늘 남편과 동행하므로 중요한 사안은 남편을 통해 전달받을 수 있어서다.

우리 세대는 SNS를 부정적으로 보는 경향이 있다. 하지만 우리는 그것으로부터 완전히 벗어나기가 어렵다.

적절히 활용하고 제어한다면 엄청난 파급 효과와 이익을 가져다 줄 수 있는 것이 SNS다. 더군다나 스마트폰이 없으면 살 수 없는 몸을 갖고 태어난 '포노사피엔스'이기에 SNS가 필수인 우리 아이들에게도 '무조건 하지 말라'는 잔소리 대신 SNS의 적절한 활용 사례를 보여줄 필요가 있다.

첫 방송 출연,
운명이었을까?

평온했던 일요일 저녁, 한 주를 무사히 마무리하면서 내일을 준비하던 그때, 한 통의 메일이 도착했다.

'안녕하세요. 저는 〈MBC 생방송 오늘 아침〉을 제작하는 작가입니다. 다름이 아니라 다음 주 목요일 코너로 〈미니멀라이프 도전기〉라는 내용을 준비 중인데, 미니멀라이프 멘토로 모시고 싶어 연락을 드렸습니다.'

공중파 방송사의 한 프로그램에 미니멀라이프 멘토로 출연해달라는 방송국 작가님의 요청이었다. 뜬금없이 찾아온 소식에 잠시 멍해졌다. 믿기지 않았다. 어떻게 해야 할까?, 또 발병한 소심병에 망설이기도 했다. 하지만 무슨 용기였는지 결국 흔쾌히 '하겠다'고 답했다.

하루 내내 방송국 작가님과 긴 통화를 여러 차례 주고받았다. 내가 출연할 프로그램의 이전 방송분도 검색해보았다. 걱정도 들었다. 거제에서 서울까지 가서 촬영을 마치고 오려면 이틀은 잡아야 했다. 세 살, 네 살 아이들을 둔 엄마에게 이틀의 시간을 빼는 것은 쉬운 일이 아니다. 여기저기 전화를 돌리기 시작했다.

"저기, 하루만 우리 아이들 하원 좀 맡아줄 수 없을까?"

가까스로 아이들 하원을 맡아줄 사람을 찾고, 엄마 없는 동안 먹을 음식과 간식도 미리 만들어두었다. 동시에 촬영장에서 말할 멘트도 준비했다. 분주하게 준비를 마치고 나서 마침내 서울로 향하는 버스에 오를 수 있었다.

5시간을 달려 서울에 도착하자마자 상상해보지 못했던 방송 경험이 시작되었다. 피디님, 작가님, 멘티님 모두 좋은 분들이어서 편안한 분위기에서 촬영을 마쳤다.

놀라웠던 것은 나 자신이었다. 수줍음 많던 성격은 어디 갔는지 전혀 떨지 않았다. 4시간의 촬영을 순조롭게 마쳤을 정도로 말이다.

'내가 방송 출연을 다 하다니.'

돌아오는 버스 안에서도 믿기지 않았다. 거제에서 서울로, 서울에서 다시 거제로. 30시간 만에 촬영을 마치고 집으로 돌아와 긴장을 풀고 침대에 누웠다. 그때 불현듯 떠오른 것이 있었다. 〈블루노트〉! 〈블루노트〉는 내 꿈을 기록해두었던 노트다. 〈블루노트〉를 펼치자마자 보이는 문구.

'5월 중 방송 출연'

이럴 수가, 무슨 생각에 적어놓았는지 모르지만, 기억을 더듬어보니 올해 2월쯤이었던 것 같다. 소심한 내가 무슨 용기로 방송에 출연하고 싶어 적어두었을까?

신기하게도 그 소원이 이루어졌다. 하기야 출판 계약을 했던 바로 그 2월에도 그랬다. 〈블루노트〉에 '출판사에서 연락이 올 것'이라 적어두었던 대로 나는 2월에 출간 계약서에 사인을 했다. 무모한 꿈인 줄은 알았지만, '꿈도 못 꿀 게 뭐 있나' 생각하며 적어둔 소원이 거짓말처럼 다 이뤄진 것이다.

열심히 살았던 대가였을까? 정말이지 분초를 쪼개어 살았다. 그 노력의 대가를 받았다고 생각하고 싶기도 했다. 하지만 마음 한구석에는 의문이 들었다. 아무리 열심히 살아도 소원을 이루지 못했던 경험을 수도 없이 했던 나 아니었던가.

피곤했지만 이런 생각이 꼬리를 물면서 잠도 달아났다.

돌이켜보니 소원을 이루게 된 진짜 이유는 내 마음의 소리에 귀를 기울이고 나답게 살려는 준비를 해왔기 때문이라는 생각이 들었다. 미니멀라이프, 글쓰기, 육아휴직을 통해 내가 진정 원하는 것을 알아가고, 그것을 놓치지 않고 기록했던 결과인 것이다.

예전에는 내가 진정 원하는 게 무엇인지도 모른 채 그저 열심히만 살았다. 그러니 기회가 와도 제대로 알아보지 못했다. 기회를 잡았더라도 오히려 속마음과 반대되는 방향이었기에 이상한 결과가 나왔던 적도 많았다.

지금도 나를 정확히 안다고 확신할 수는 없지만 적어도 이것만큼은 분명하다. 나는 나와 훨씬 친해졌다. 내가 진정 원하는 것을 찾았고, 그것을 놓치지 않고 기록했다. 그 모습이 다른 사람의 눈에도 좋아 보이지 않았을까. 그래서 많은 기회가 오지 않았을까?

아줌마,
삶을 브랜딩 하다!

　　　　　죽지 못해서 나를 찾으려고 했던 일들이
나를 브랜드화 하는 계기가 되었다.

　사실 지금까지 내 인생에서 최대의 위기는 첫째 아이가
태어나면서 찾아온 육아우울증이었다. 그리고 연년생 둘째
가 태어나면서 육아우울증은 극대화되었다.

　결국 육아우울증을 극복하고자 시작한 것이 미니멀라이
프였고, 미니멀라이프를 기록하고자 시작한 것이 글쓰기였
다. 그렇게 나는 미니멀라이프로 삶을 바로 잡고, 글쓰기로
꿈을 키워갔다.

　육아우울증에 걸려서 모든 일에 의욕을 보이지 못했고,
죽음을 생각하기까지 했다. 하지만 무너지고 싶지 않았다.

나는 나를 누구보다 사랑했고, 또 두 아이들의 엄마였으니까. 그래서 내 스스로를 다독이고 안아주며 다시 일으켜 세우려 애썼다. 그리고 그렇게 당당하게 일어선 엄마의 모습을 아이들에게 보여주고 싶었다.

누구에게나 위기는 온다. 하지만 그것을 받아들이는 것은 천지 차이다. 나는 위기를 온몸으로 받아들여 느낀 후 빠져나오려고 발버둥쳤다. 하지만 쉽사리 다시 떠오르지 못했다. 오히려 더 바닥으로 가라앉기도 했다. 그 과정은 괴로웠지만, 결국 나는 수면 위로 떠오를 수 있었다.

내 유튜브 채널의 영상과 블로그 글을 보고 과거의 나와 같이 육아우울증에 걸렸거나 혹은 자신의 상황을 비관하는 엄마들이 도움을 요청하기 시작했다. 그분들에게 물건을 비움으로써 마음을 비우고 삶의 루틴을 찾는 것에 대해 알렸고, 글쓰기의 치유 효과에 대해 강조했다.

어떻게든 위기를 극복하고 제대로 살아보고자 했던 나의 경험들이 이제는 어려움에 처한 이들을 도울 수 있는 소중한 도구가 되었다. 브랜딩 하는 재료가 된 것이다.

미니멀라이프 5년, 글쓰기 1년. 그렇게 수면 아래에서 허우적대던 시간. 하지만 조금씩 나아가고 있었기에, 미약하게나마 하루하루 성장하고 있었기에 외롭지 않았다. 그 시간이 지나고 드디어 수면 위로 올라갔을 때 조용하고 묵묵하게 나를 다졌던 시간은 엄청난 힘을 발휘했다. 그 시간들 덕분에 남들이 안 된다고 말할 때, 흔들리지 않고 여러 가지를 도전할 수 있었다.

끝까지 포기하지 않는 삶의 자세는 나를 항상 더 좋은 곳으로 안내했다.

글과 같은
사람이 되고 싶다

　　　　새벽 3시. 커피 한 잔을 만들어 책상 앞에
앉는다. 새벽의 공기를 느낀다. 글을 쓰기 시작한다. 마음을
다독이며 꿈을 써나간다. 나의 내면아이는 치유되었다. 그리
고 이제 그 내면아이는 순수한 자아가 되어 나와 만난다. 나
에게는 이 작은 구석방이 웬디와 피터 팬이 꼬마들과 함께
산다는 네버랜드다.

　사실 새벽 기상은 이미 오래전부터 해왔었다. 육아의 일
과에는 반드시 새벽 기상이 포함되니까 말이다. 배고파 우는
아이에게 젖을 줘야 하고, 오줌을 쌌다고 칭얼대는 아이의
기저귀를 갈아줘야 하니까.

　하지만 지금의 이 새벽 기상은 그것과는 전혀 다르다. 아

이 때문이 아닌 내 자의에 의한, 온전히 나만의 시간을 갖기 위한 기상이다.

그렇게 새벽의 묘한 기운 속에서 글을 쓰면서 드는 생각이 있으니, 바로 '늘 글과 같은 사람이 되고 싶다'는 것이다. 그래서 한편으론 두렵다. 곧 독자들을 만날 이 책은 정말 나를 잘 담고 있을까?

언젠가 지인으로부터 한 저자의 출간기념회에 갔다가 실망했다는 이야기를 들은 적이 있다. 독자들의 즉각적인 반응을 살피기 위해 하는 게 출간기념회다. 그리고 독자들 또한 책으로 만났던 작가를 실제로 대면한다는 설레는 마음으로 출간기념회에 참석한다. 그러나 몇몇 작가에게는 오히려 출간기념회가 도움이 되지 않는가 보다. 지인의 이야기에 따르면 자신이 책으로 접했던 작가와 실제 작가 사이의 괴리가 느껴져 당황스러웠고, 차라리 책으로만 접했다면 좋았겠다는 생각을 했다고 한다.

내 원고를 다시 읽어본다. 그동안 글을 쓰면서 내 모습을 숨기지는 않았는지, 미화한 부분은 없는지, 다시금 한 문장 한 문장 읽어나간다. 하지만 읽고 또 읽어도 두려움은 가시지 않는다.

　모르겠다. 세상에 던지고 보자. 그리고 돌아오는 평가 또한 온전히 받아내자. 여기까지 와서 두려움 때문에 포기할 수는 없다. 육아휴직 또한 그 두려움을 뚫고 시작했던 일 아닌가. 어떤 위험도 감수하지 않으려는 삶이 더 위험하다.

　이제 시작일 뿐이다. 다시 한 번 '글과 같은 사람이 되어야 한다'고 다짐한다. 화려한 글을 쓰려는 데 집착하지 않으려 한다. 과장 없이 겸손하게, 가식 없이 진실하게, 내가 쓰는 단어 하나가 누군가에게는 상처를 줄 수 있음을 헤아리면서. 내가 쓰는, 딱 그만큼의 진정성을 갖춘 사람으로 살고 싶다.

나 자신을 브랜드로 만들기
—
Q&A

 유튜브와 블로그 등 다양한 매체들을 운영하는 이유는 무엇인가요?

저는 블로그·유튜브·브런치·인스타그램·네이버카페·네이버TV 등 다양한 매체들을 운영하고 있어요. 하나에 집중하는 것도 좋겠지만, 어느 한 매체로 폭발적인 인기를 누리는 게 아닌 한 여러 매체를 운영하는 것도 좋은 방법이라고 생각합니다.

콘텐츠는 하나더라도 그것을 전달하는 방식은 글·사진·영상 등 다양하니까요. 그래서 저는 하나의 콘텐츠를 다양한 형태로 만들어서 여러 매체에 업로드합니다.

저는 미니멀라이프 연구소 대표로서 많은 상담까지 하고 있지만, 하나의 콘텐츠를 약간 수정해서 다양하게 활용하기에 큰 어려움은 없답니다. 각 매체들을 조금만 살펴보면 그 채널만의 특징을 파악할 수 있어요. 그 특징에 맞춰 전달 방식만 조금 바꾸면 다양한 매체에 다양한 방법으로 자신의 콘텐츠를 퍼트릴 수 있습니다.

처음 자신을 브랜딩 하는 분이라면 저는 다양한 매체를 차근차근 시도해보시는 것을 추천합니다. 왜냐하면 시작하기 전에는 자신에게 맞는 매체가 무엇인지 파악하기가 어려우니까요. 자신의 성향에 맞는 매체나 혹은 구독자가 몰리는 매체를 골라 거기에 집중하는 것도 좋은 방법이에요.

한 매체에 집중하든, 여러 매체를 운영하든 방법은 다양하니 자신의 성향에 맞춰 선택하면 됩니다. 저는 매체의 다양성을 체험하고자 하는 제 창의적 욕구와, 다양한 통로로 조금 더 구독자들이 내 콘텐츠에 접하기 쉽게 하자는 배려심으로 여러 채널을 운영하고 있어요.

1년간 종합 구독자수 1만 명, 누적 조회수 100만 회에 달하는 매체도 운영해왔습니다. 대박 매체는 아니지만 제 일을 홍보하고, 콘텐츠를 기록하며, 사업을 공고히 하는데 부족함이 없을 정도로 톡톡한 영향력을 발휘하고 있습니다.

온라인 채널운영 꿀팁

• 여러 가지 채널을 시도해본 후, 자신의 분야에 유리한 주력

플랫폼을 선정하라.

- 단 한 사람의 이상적인 독자 생각하며 일관된 주제를 가지고 써라.
- 공감, 재미, 정보 이 3가지 중 하나 이상을 제공하라.

육아휴직은
'행복하게 살았습니다'로
끝나는 동화가 아닌
지극히 현실적인 이야기

　　　　나는 어릴 때부터 〈디즈니 명작동화〉를 좋아했다. 항상 '옛날 옛적에'로 시작해 '행복하게 잘 살았습니다'로 끝이 나던 이야기 말이다. 사실 나는 이 책을 그렇게 쓰고 싶었다.

　'옛날 옛적에 아빠와 엄마, 그리고 남자아이 하나, 여자아이 하나 이렇게 네 식구가 살았는데, 어느 날 아빠가 육아휴직을 했고, 그 후로 그 가족은 오손도손 잘 살았습니다'라고.

　육아를 하는 부모라면 누구나 자신과 아이들의 이야기를 그렇게 쓰고 싶을 것이다. 부모라면 누구나 아이와의 핑크빛 육아 로맨스를 꿈꾸니까.

하지만 육아는 녹록지 않다. 그것은 육아휴직을 하건 하지 않건 마찬가지다. 우리는 여전히 흐르는 시간을 살았고, 그 속에 육아가 있었다. 육아휴직 전과 달라진 점이 있다면 그 안에 아빠와 엄마가 아닌 한 남자와 한 여자가 있었다는 사실이다.

결혼 후 몇 년 동안 우리 부부는 세상이 정해준 고정된 역할에 몸살을 앓고 있었다. 결혼을 하고 아이를 낳기 전까진 아빠의 역할과 엄마의 역할이 이렇게 편향되리라곤 꿈에도 생각하지 못했다.

삶의 균형을 맞추겠다고, 기존의 책무에서 조금 벗어나 보겠다고 이야기하면 "결혼은 원래 그런 거야." "모르고 결혼했어?" "애 키우는 게 그렇게 쉬운 줄 알았냐?"는 대답이 돌아왔다.

우리 부부는 이내 지쳤고, 우리 삶의 의미도 옅어졌다.

'도저히 버틸 수 없다!'라는 생각이 들었을 때, 우리 부부가 가족을 일구기 한참 전부터 정해져버린 그 역할들에서 벗어나기로 결심했다. 우리 가족만의 역할 분배를 만들어보기로 한 것이다.

세상이 우리를 고정시킨 틀에서 벗어나 우리가 판을 다시 짰다. 그 첫 시도가 육아휴직이었던 셈이다.

우리는 아이들의 엄마이자 아빠이기 이전에 '나'이기 위해서 육아휴직을 했다. 우리에게 육아휴직은 로맨스가 아니었다. 또 다른 세상을 여는 문이었고, 가치를 찾기 위한 여정이었다. 그 가치를 알리기 위해 이 책을 썼다.

육아휴직을 고민하는, 부모의 삶에 대해 고민하는 사람들에게 말하고 싶다. 정해진 길만이 답은 아니라고, 이런 삶도 있다고. 그러니 부디 이 책을 참고하여 결정하되, 과하게 두려워하지 말라고.

남편이
육아휴직을
했어요

초판 1쇄 인쇄 2020년 7월 10일
초판 1쇄 발행 2020년 7월 15일

지은이 최현아(미소 작가)
펴낸이 인창수
펴낸곳 태인문화사
신고번호 제10-962호(1994년 4월 12일)
주소 서울시 마포구 독막로 28길 34
전화 02-704-5736
팩스 02-324-5736
이메일 taeinbooks@naver.com
표지디자인 플러스
일러스트 공정경

ⓒ최현아, 2020

ISBN 978-89-85817-82-0 (03810)

이 도서의 국립중앙도서관 출판예정도서목록(CIP)은 서지정보유통지원시스템 홈페이지
(http://seoji.nl.go.kr)와 국가자료종합목록 구축시스템(http://kolis-net.nl.go.kr)에서
이용하실 수 있습니다.
(CIP제어번호 : 2020026873)